【推しの子】
～ 二人のエチュード ～

【 OSHI NO KO 】 NOVEL the second volume.

赤坂アカ × 横槍メンゴ

小説 田中 創

JUMP j BOOKS

【OSHI NO KO】
ETUDE FOR TWO
CONTENTS

CHARACTE
人物紹介
【 黒川あかね 】
KUROKAWA AKANE
『劇団ラララライ』に
所属している女優。
恋愛リアリティーショー
番組でアクアと出会い、
ビジネスカップルとなったが、
のちに別れる。
かなとは昔からの
因縁がある。
【 有馬かな 】
ARIMA KANA
幼い頃、「十秒で泣ける天才子役」と
評判の子役として活躍。
新生「B小町」のセンターとして
アイドル活動もしていたが脱退。
あかねとは昔からの因縁がある。
【 星野アクア 】
HOSHINO AQUA
ルビーの双子の兄。
母親であるアイを殺した犯人を
見つけ出すため、
芸能界に足を踏み入れる。
【 星野ルビー 】
HOSHINO RUBY
アクアの双子の妹。
苺プロダクションの
アイドルグループ「B小町」として
活動している。
【 姫川大輝 】
HIMEKAWA TAIKI
『劇団ラララライ』の看板役者。
アクアと異母兄弟。

プロローグ

「アンタって昔からそう。子供の頃から、本っ当に気に食わなかったのよね」

有馬（ありま）かなは、射殺すような鋭い視線で黒川（くろかわ）あかねを睨（にら）みつけた。

艶（つや）のある綺麗（きれい）な黒髪に、理知的な眼差（まなざ）し。ほっそりとした長い手足。スタイルのいい彼女には、大人びたボウタイ付ブラウスとマーメイドスカートがよく似合っている。

黒川あかねはまあ、見た目だけならすこぶる美人だ。見た目だけならモデル売りもできるタイプ。かなにはない落ち着いた美しさがある。

そのくせ本人は、「自分は別に美人じゃない」などと本気で思っているらしい。その振る舞いが周囲に「黒川あかねは奥ゆかしい」「謙譲の美徳を備えている」「ラスト大和撫子（やまとなでしこ）」なんていう印象を与えている。そこもまた、かな的には腹の立つポイントであった。

なによりムカつくのは、その奥ゆかしさが、かな相手にはまるで発揮されない点だった。

「気に食わないのはこっちの台詞（せりふ）だよ。そうやっていつも偉そうにするんだから」

人様には淑女で通すあかねが、なぜか有馬かな相手には面と向かって言いたいことを言ってくるのである。

「はぁ？　いつ私が偉そうなこと言ったのよ」

「自覚ないの？　いっつもそう、呼吸ひとつするたびにマウント取ろうとしてきてるでしょ」

あかねの鋭い目が、かなを射すくめた。

「『アイツとは幼馴染みみたいなもの～』だとか『アイツのことを一番よく知ってるのはアタシ～』だとか。なにかとすぐ優位に立とうとするじゃない」

「だってそれは紛れもない事実だし。アイツとの付き合いは、ずっと長いし」

「付き合いっていっても、ただの腐れ縁みたいなものでしょう！　別に、その期間ずっと付き合ってたわけでもないんだし……!!」

調子乗りすぎだから、と、あかねは身長の低いかなを見下すように鼻を鳴らした。

この女、マジでムカつく。かなはぎりっと歯嚙みをした。

なんでこんな粘着質な憎まれ口を叩く子が、大手ランキングサイトの人気女優カテゴリ好感度一位の座を独占し続けているのだろう。男が騙されるのはともかく、女性好感度まで高いのは謎すぎる。世の中の人間は、どうしてこうも見る目がないのか。

かなは「というかね」と唇を尖らせた。「アンタの方こそ最近ずいぶんと調子に乗ってるみたいじゃない？　SNSにアイツとのデートの匂わせ投稿上げたりして」

あかねは「へえー？」とかなの顔を覗きこんできた。「私のSNSチェックしてるんだ？気に食わないとか言いながら？　バッチリ気にしちゃってるんだー？」

あかねの思わぬ反撃に、かなは「ぐぬっ」と言葉に詰まる。しかし、ここで言い負けるわけにはいかない。

「だってアンタの最近の投稿、どうにも面白過ぎるんだもの。急に乙女全開なポエムとか載せちゃうし。なんなのあれ。『花びらが風に揺れるように、私の想いも吹かれて揺れる。

優しい笑顔がひとひら降るたび、胸に春が訪れる』って何⁉ 致死量致死量！ どろっどろのはちみつで気管詰まっちゃうから！」

あかねが「なっ……はぁ……⁉」と頬を赤らめた。自分でも、恥ずかしい投稿という自覚はあったのだろうか。

「あ、あれは今度の連ドラの役柄に合わせて投稿しろって事務所が……っていうか、かなちゃん！ ここでリアルの話を持ちこむのは反則でしょ⁉」

「『あなたの笑顔を見るたびに、心はいつも桃風』とかもなかなかの名作よね！ なに『桃風』って⁇ どんな風なのー⁇ ええもうスクショして即行で拡散させてもらったわ。これはいい黒歴史になってくれそうねー」

「か、かなちゃんに言われたくないんですけど！ 『ピーマン体操』とかいうリアル黒歴史持ちのくせに！」

今度はかながダメージを受ける番だった。古傷を抉られた痛みに、「げふっ」と悶える。

「アンタもそれよく擦るわねぇ‼ あの曲売れたから黒くないし！ 白歴史だし！」

「あーあ、あの頃のかなちゃんは可愛かったのになあ。こうやってお尻突き出しながら、ピーマンくんたちと歌って踊って――」

「ハイハイハイハイ！ ストップ！ ストーップここまで！ それ以上禁止！」

かなは顔の前で大きくバッテンを作り、あかねの発言を封じた。これ以上続けるのは、精神的に耐えられない。

見れば、あかねも相当ばつの悪い思いをしたようで、耳まで真っ赤になっていた。いつもは涼し気な横顔がまるで茹で蛸である。

「そうだね、これ以上続けるのはお互いにとって無益かも……」

レッスン室の壁に掛かった時計を見れば、すでに夜十時を回っていた。自分たちがこの部屋に入ったのが夜八時だったから、ゆうに二時間はこの不毛なやりとりを行っていたことになる。

かなは、「はあ」と大きなため息をついた。

「ちとばかしヒートアップしすぎたわ」

「確かにね」あかねも、頭痛をこらえるかのように頭を抱えていた。「これ、単に練習用の即興劇だったはずなのに」

有馬かなと黒川あかねは、来月、舞台で共演することが決定していた。タイトルは『茨の姉妹』。とある有名な演出家が手掛ける新作舞台で、同じ男性に恋をした姉妹を描いたラブストーリーである。

ふたりの共演は、五反田泰志監督の映画作品『15年の嘘』以来数年ぶりのことだ。かなもあかねも、あれから役者として順調にキャリアを重ねてきていた。業界でもそれぞれ、実力派の若手女優として一目置かれる立場になっている。

久しぶりの共演ということで、遺憾ながら本稽古の前にまずはお互いに呼吸を合わせておく必要がある。かながそう考え、苦々しい気持ちであかねを自主稽古に誘うことにした。

それがつい一昨日の話だ。

あかねもかなの案に賛同のようで、すぐにこのレッスン室を押さえてくれた。ここは彼女の所属する〝劇団ララライ〟所有の稽古場なのである。

　レッスン室で顔を合わせたふたりは、とりあえず即興劇で感覚をつかもうということになった。テーマは映画と同様、〝同じ男性に恋をする、年若いふたりの姉妹〟という設定。

　しかしその即興劇も、蓋(ふた)を開けてみればいつの間にかただの罵(のの)り合いに発展していた。お互い役柄の設定すら忘れて、ここぞとばかりに言いたいことを言い合うだけの二時間になっていた。

　かなは「はあ」とため息をついた。徒労感が半端ない。一体何の時間だったのか。

「どうやら私の考え方が甘かったみたいだわ。互いに年食って少しはうまくやれるかと思ったら、やっぱアンタとは水と油なのね。昔っから何も変わらないんだから……」

　あかねも「ほんとにね」と苦笑した。「昔からだもんね。かなちゃんの可哀想(かわいそう)なくらい歪みまくってる性格」

「アンタだっていつも言いたい放題じゃない。なんか私にだけ当たりキツいし」

「別にぃー？　私は誰に対しても自然体ですけど？　キツく見えるなら、むしろかなちゃんの見る目が歪んでるんだと思うけど？」

「歪んでるのはアンタの性根でしょうが」

　かなはむっと頬を膨らませ、再びあかねと睨み合った。あかねの方もまた、負けじと睨み返してくる。相変わらずの生意気な視線。絶対にかなちゃんには負けてなるものか、という強い意志を感じる。

「ほんといい性格してるわ」

あかねはやっぱりムカつく。しかし、いつまでもこうして睨み合っているわけにはいかなかった。互いに時間のないタレント同士。こんな意地の張り合いで潰す時間などないのだ。

あかねも同じように思ったのか、「そろそろ真面目にやろう」の意味で視線を外した。

かなも「そうね」という意味をこめて肩を竦(すく)める。

こういうところばかり息があってしまうのも昔からだ。

かなは「あーあ」と天井を仰いだ。

「先が思いやられるわね。大丈夫かしら、今回の共演」

「ほんと、こんな気分も久しぶり。なんだか、オーディションのときのことを思い出しちゃうな」

「オーディション？」かなは首を傾(かし)げた。「今度の舞台の？」

あかねは表情を変えず「違う違う」と首を振った。「もっと昔のやつ」

「昔のって、もしかして……女神様のアレ？」

「そう、それそれ」

あかねの黒い目が、遠くを見るように細められた。

かなもまた、記憶の彼方(かなた)に思いを馳(は)せる。

私たちの過去なんてどれも辛いものばかり。

過去をなかったかのように蓋をして、切り離さなければ、隔離しなければ、女優という自分の心の奥底に潜り込む仕事は務まらない。ひとたび心が動けば、作り上げた『役』は簡単に汚染されてしまうのだから。

けれどあかねの横顔は、過ぎ去った時を愛(いと)おしむかのような、辛い思い出を後悔するような。ト書(とが)きでは表しきれないだろう、そんな表情を携(たずさ)えていた。

第一章

――有馬かなちゃんみたいな女優になるのが、私の夢です！

黒川あかねが演劇雑誌のインタビューにそう答えたのは、八歳か九歳だった頃の話だ。

なにしろ当時の有馬かなといえば、日本で知らない人間はいないのではないか、というくらいの人気子役だった。

ぱっちりと大きな目に、天真爛漫な笑顔。まるで天使みたいに可愛いのに、泣ける演技もバッチリこなせる。〝十秒で泣ける天才子役〟は、まさしくお茶の間の話題を席巻していたのだ。

ゴールデンタイムのドラマでは毎日出ずっぱり。それに加えて、子供向けのバラエティや教育番組でもレギュラーを務めていた。

子供服やオモチャのCMに数多く起用されていたこともある。あかねのような同い年くらいの子供にとっては、有馬かなは強烈な憧れの対象だった。

童話のプリンセスよりも、かなちゃんみたいになりたい――。あの頃そう考えていた女の子は、あかねだけではなかっただろう。

実際あかねは、本気でかなちゃんになろうと努力していたのだ。

髪は肩口までのボブカットにそろえ、フワフワで可愛いお洋服を身に着ける。トレードマークのベレー帽は絶対外さずに。まずは見た目を完璧に「かなちゃん」に寄せていた。

誰かの真似っこをするのは、あかねにとっては昔から夢中になれることのひとつだった。

その人がなにを好きで、どう感じているのか。なにが嫌いで、なにに対して怒るのか。

あかねはその人になりきった気分で、じっくりと頭の中で考える。そうすると、まるで最初からそうであったかのように、自然にその人を演じることができる。

あかねが、ドラマに出演していた有馬かなの台詞を真似て喋ってみたときには、あかねの父親も母親もその変わりように驚いたものだ。「本当に、かなちゃんみたい」と。

両親が積極的に演劇の勉強をあかねに勧めてくれたのも、そういう下地があったからだろう。

あかねは『あじさい』という児童劇団で、毎日熱心に稽古に励んでいた。

かなちゃんみたいになりたい。いつかかなちゃんと一緒に、舞台やテレビに出てみたい。かなちゃんと友達になってみたい――。ファン心。あかねが努力を続けていたのは、そういう少し不純な気持ちがあったからだった。

だから、いざ本人に相対したとき、大きなショックを受けた。

――演技なんか、どーでもいいの！

――私はアンタみたいなのが一番嫌い。私の真似なんかするな！

それはテレビ局が主催する子役オーディション会場での出来事だった。あかねはついに念願叶って、有馬かな本人と顔を合わせることができたのだが、その反応は待ち望んでいたものとは、何もかも、まったく異なっていた。

かなの態度は、激しい怒りと冷淡さに満ちていた。彼女は、このオーディションは自分を選ぶための出来レースだとぶちまけ、あかねを冷たく突き放した。

ずっと憧れていた「かなちゃん」が、オーディションでズルをしていた。この業界では演技の良し悪しなんかより、有名な子を使うものだと言い切った。

そして、そういう業界の汚さも知らず、ただ呑気(のんき)に「天才子役有馬かな」に憧れていたあかねを、彼女は「大嫌い」だと切って捨てた。

それはまだ小さかったあかねにとって、世界がぐるりと引っくり返ってしまうくらいに衝撃的な出来事だった。

かなちゃんが、こんなことを言うはずない。

あかねが今まで応援してきたテレビの中のかなちゃんは、どこからどう見ても演技を楽しんで見えた。楽しいシーンのときは満面の笑顔で。悲しいシーンのときには大粒の涙をポロポロとこぼして。

あんな演技は、よほど心がこもっていないとできるものじゃないはずだ。「演技なんてどうでもいい」だなんて考える役者には、絶対にできない芝居のはずなのだ。

どうしてかなちゃんがあんなことを言ったのか、まるでわからない。なにか事情があるのだろうか。そうでなくちゃおかしい。

考えに考えた挙句、あかねの思考力は機能不全に陥(おちい)ってしまっていた。

当然、そのあとのオーディションが、ろくな結果にならなかったのは言うまでもない。

あかねは審査員の前でまともに自分の名前を言うことすらできず、門前払い同然に帰されてしまった（実際オーディションの合格者はかなちゃんだったので、演技の良し悪しなんてどのみち関係なかったのだけれども）。

　それからしばらくあかねは、鬱々とした日々を過ごしていた。毎日考えるのは、かなちゃんのことばかり。学校の勉強にも、劇団の稽古にも今ひとつ身が入らなくなっていた。

「大嫌い」「真似するな」――あの日彼女に言われた言葉が、あかねの頭の中でずっとリピートし続けているのだった。

　かなちゃんの言うことが理解できないのは、私の頭が悪いからなのかもしれない。

　どうすれば、かなちゃんの言うことがわかるようになるんだろう。理解できないのは嫌だ。知りたい。わかりたい。あかねはそんなことを考えながら、悶々としていた。

　あかねのもとに件のオーディションの話が舞いこんできたのは、そんな折のことだった。

　小学生最後の冬の季節のことである。

※

　世田谷線のとある駅の目の前には、大きな複合ビルがある。今回のオーディションは、その複合ビル内の劇場ホールを貸し切って行われるらしい。

　二月の下旬、冷たいビル風の吹く第三日曜日のことだった。

　あかねはコートとマフラーを着こみ、その複合ビルを目指していた。少し伸びた黒髪が北風に揺れるのを、クリアケースで押さえた。足取りは鉛のように重い。

　手にあるＡ４のプリントには、「虹野修吾新作舞台　ヒロインオーディションのお知らせ」という見出しと、その会場までの詳しい道筋が書かれている。

あかねはその案内に従って、塔のように高いそのビルに入った。エレベーターで会場のフロアへ。なんだかんだここまで来てしまったけれど、やはり躊躇する。私なんかがここに来ていいのだろうか。そんな風に思っていた。

あかね自身、本当はオーディションなんて受ける気分ではなかった。オーディションという字面を見るだけで、かなちゃんに「大嫌い」「真似するな」と言われた日の記憶が、どうしたってフラッシュバックする。

そもそも、自分はこのまま演劇の世界にいていいのだろうか。ミーハー心でこの世界に入った自分が、かなちゃんと同じ世界にいるということ自体が、今のあかねには罪深いことに思われてならなかった。

それでも、あかねがこうしてオーディション会場に足を運んだのは、理由がある。「どうしても」と頼みこまれ、それを断ることができなかったからだ。

あかねを説得したのは、劇団あじさい主宰の岡村という女性だった。女優歴十五年。二十代後半の彼女は、あかねにとっては演劇の先生であり、頼れるお姉さんのようなものだった。

「なにしろ今回のオーディションは、あの虹野修吾の作品だからね。あかねちゃんには、ぜひ『あじさい』の看板を背負って出てもらいたくて」

岡村さんが言うには、今回の舞台を主導する虹野修吾という人物は、演劇界では伝説的な存在なのだという。

年齢は還暦（かんれき）過ぎ。天才というよりも鬼才として有名で、自分の作りたい舞台をとことん時間をかけて作り上げる演出家らしい。作品が組織やスポンサーに縛られるのを嫌い、脚本・演出はもちろん、資金集めもキャスティングも劇場の手配も、すべて自分の手で行うという変わった人物である。

　妥協せず磨き上げられた舞台はいずれも質が高く、日本のみならず世界でも絶大な評価を得ていた。彼の数十年来のファンだという演劇好きも多い。

　虹野さんは、そのキャスティングの方法も風変わりだという。彼の行うオーディションは、他に類を見ないやり方らしい。

　その人を見る目は確かなようで、彼がオーディションによって見出した役者は、後に大成することが多い。

　聞けば、最近映画やドラマで引っ張りだこの女優、片寄（かたよせ）ゆらも、小学生の頃にこの虹野修吾さんに才能を見出されていたらしい。現在、彼女が女優としてスターダムを駆け上がっていくことも、虹野さんは最初から見抜いていたのかもしれない。

「虹野修吾の舞台は、いわば一流役者への登竜門ってわけね。今回は特に、十代前半の女の子たちを集めるそうだから、合格者は未来の大女優になる公算が高い」

　岡村さんが、あかねに説明する。

「そもそもこのオーディション自体、誰でも出られるわけじゃないのよ。今回のだって特別。もともと虹野さんが〝あじさい（ウチ）〟に目をかけてくれていて、オーディションのために、わざわざ選考枠をひとつ空けてくださったの」

そう説明する岡村さんに、あかねは「どうして？」と尋ねた。

「どうして私なんかを、そんな大事なオーディションに出すんですか？」

「それはもちろん、私があかねちゃんには実力があると思ってるからよ」

岡村さんはニコリと笑った。その笑顔からお世辞ではなく、心からの信頼を感じる。

「誰よりも一生懸命に努力してきたあかねちゃんならできるできる！」

あかねは「でも」と視線を逸らした。かなちゃんとの一件以来、正直あかねは演技に身が入っているとは言い難い。こんな自分が大事なオーディションに出ていいのだろうか。

岡村さんは、そんなあかねの内心の迷いを見て取ったのだろう。「大丈夫」と優しく笑って、あかねの頭に、ぽんと手を置いた。

「まあ最近はちょっとスランプ気味みたいだけどさ。でもあかねちゃんなら、きっとそれも乗り越えられるよ」

そんなの無理です——そうは思ったものの、あかねはそれを口には出さなかった。岡村さんの強い期待を、無下にするわけにはいかないと思ったからだ。

彼女は「別に失敗してもいいよ」と言ってくれた。

「これも力試しだと思って、楽しく演技してきたらいいよ。ね？」

そうまで言われてしまえば、断るわけにもいかない。あかねは、重い気持ちを誤魔化しながら、なんとかオーディション会場へと向かっていたというわけである。

エレベーターに乗りながら、あかねはため息をついていた。楽しく演技をするなんて、今の自分にできるのだろうか。

あかねにとって演劇とは、身も心も他人になりきって、その真似をすることだった。少し前まではそれを純粋に楽しいと思えていたのだが、今は芝居をしようとするだけで鉛の塊を飲み込んだ気持ちになる。

自分が誰かの真似をすることが、本当に正しいことなのか。実は、それで他人の心を逆撫でしていることもあるのではないか。そんなことを考えてしまう。

かなちゃんに言われた「真似するな」という言葉が、呪いのように纏わりついて離れなかった。あかねが本気で演じようとすればするほど、その言葉が心臓に巻き付いてくるような気がしてしまうのだ。

あかねは、もう何十回目かのため息をつく。失敗しちゃったらどうしよう。

そうこうしているうちに、エレベーターが止まった。会議室の並ぶフロアである。集合場所は劇場ホールではなく、ミーティング用の会議室らしい。

気は進まないけれど、やるしかない。

あかねは「オーディション控室」と張り紙のされたドアを、恐る恐る押し開けた。六畳ほどの小さな部屋の中には、パイプ椅子がいくつか並んでいる。そこには、六人の女の子たちが座っている姿が見えた。

部屋に足を踏み入れたあかねに、彼女たちの視線が一斉に注がれる。まるで値踏みされるかのように、頭の先からつま先まで、ジロジロと見られていた。

この子たちが、オーディションの参加者たちらしい。年齢はいずれも十歳から十四歳くらい。あかねと同年代の女の子ばかりだ。

「あら、あなたたしか、黒川あかねさんよね？　劇団あじさいの」
落ち着いた声色が響いた。女の子のうちのひとりが、あかねに声をかけてきたのである。
ソバージュのかかった髪に、お人形のように整った顔立ち。肌の色は陶器のように白い。
この女の子、高藤エミリさんは『児童劇団　月の夢』の子役劇団員だ。まだ十三歳ながらも舞台の出演経験は多数。ＣＭやモデルの活動もこなしていると聞いている。あかねと同年代の役者の中では、今やナンバーワンの注目株とされている。

　エミリは席を立ち、あかねに近づいてきた。ガラス玉のように綺麗な目で「へえ」と興味深そうにあかねの顔を覗きこんでいる。

「意外ね。あなたみたいな子でも、このオーディション枠もらえるんだ？」

　今までそんな目立った実績もないのに――言葉の選び方から、そういったニュアンスをひしひしと感じた。

　あかねは「あ、その」と口ごもってしまう。昔からこういう圧の強い子を前にすると、つい一歩引いてしまうのだ。悪い癖だとは思うのだが、なかなか直せない。

「ええと、うちの劇団が選考枠をひとつもらえたみたいで、それで……」

「ああ、つまり数合わせね」

　エミリさんが鼻を鳴らすと、隣の席の子が「くすくす」と意地悪そうに笑った。

「エミリぃ、やめたげなよぉ。もっと優しい言い方してあげなきゃ。圧掛けてるみたいじゃん？」

　髪を茶色に染めたこの子の名前は、たしか鈴見リコさん。エミリさんと同じく、『月の夢』の役者である。

リコさんは去年の秋にやっていた不倫ものの昼ドラで、夫の隠し子役で出演していたのを覚えている。その筋では有名な子役のひとりだった。あかねと同い年のはずだが、だいぶ大人びて見える。化粧も派手で、ちょっと怖い。

「ああ、聞いたことある、なんかチャレンジ枠みたいなのあるんだっけ?」

リコさんはあかねに向けて、また「くすくす」と笑みを漏らした。

「あは、ごめんね。なんかそういうのあるって聞いてたから、つい」

どう応えるのが正解なのかわからない。なのでとりあえずあかねは、「はは……」と苦笑いを返しておくことにした。

自分にはこの子たちのような実績もないし、見た目が華やかなわけでもない。ここにいるのも、単なる数合わせ以上の意味はないのだ。別に怒る理由も、悲しむ理由もない。

今日はこの子たちの邪魔にならないようにしよう。チャレンジ枠の参加者に徹しよう――。あかねがそんなことを考えながら席に座ろうとしたとき、背後でドアが開く音がした。

参加者の女の子たちが、「え?」と目を丸くした。彼女たちの視線は、あかねの背後に注がれている。

「ちょっと、もしかしてあの子って……」

あかねもつられて、ちらりと背後を見る。後ろには、女の子の姿がある。

その子の顔を見た瞬間、あかねははっと息を呑んでしまった。

小柄な身の丈に、印象的な大きな目。リボンとフリルがふんだんにあしらわれたヒラヒラの服。ボブカットに載せたベレー帽は、彼女のトレードマークだ。

「か、かなちゃん……?」

その可愛らしい顔を、あかねが見間違えるはずはない。控室に入ってきたのは、かなちゃん——有馬かなだったのだ。

※

有馬かながオーディションに参加することを決めたのは、数日ほど前のことだった。

かなはその日、自宅のリビングで呆然と立ちすくんでいた。目の前には、仁王像のように眉を吊り上げて、憤然と怒りを振りかざす母親の姿があった。

「ねえ、かなちゃん! あなた本当に反省してるの!?」

怒気を露にした母親の声が、家じゅうに反響していた。

「ねえ、なんでなの!? なんで何回言ってもわからないの!?」

そんなことを言われても、わからないものはわからない。

自分のなにが悪かったんだろう。なぜママは怒鳴るんだろう。どうして、かなが「わからない」ということがわからないのだろう——。かなの頭の中には、ぐるぐるとそんな疑問が渦を巻いてしまっていた。しかしそれを口に出すとさらに火に油を注ぐことになるのは経験でわかっているので、かなはぐっと押し黙る。

昔は、こうじゃなかったはずなのに。ママはもっと優しかったはずなのに。

かなは目の奥にこみ上げるものをこらえ、母に「ごめんなさい」と頭を下げた。

「事務所のこと……こんな結果になっちゃって、ごめん」

「ごめんじゃ済まないの！　ママの言うとおりにやらないから、こうなるんでしょ⁉」

ママは言うなり、テーブルの上の電話機をつかみあげた。怒りに任せて放り投げられた電話機は、壁にぶつかり、ガシャンと激しい音を立てる。

また電話、壊れちゃった。かなは、ヒビの入った電話機を見つめてため息をついた。

ママはヒステリーを起こすと、すぐに電話機に当たる。電話回線とコンセントの抜ける感覚がクセになっているのかもしれない。

かながママに怒鳴りつけられたのは、今年に入ってもう四回目だった。

一度目は、五年間続けてきた子供向け料理番組のレギュラーを降ろされたとき。

二度目は、先月配信が始まった有馬かなの新曲が、初登場でチャート五十位にも入れなかったという知らせを受けたとき。

三度目は、ネット掲示板に、「有馬かなってオワコンだよな」というスレッドが立てられたときだ。

そして今日が四回目。原因は、かなが所属する芸能事務所からの通知の手紙だった。

――誠に遺憾（いかん）ではございますが、当事務所は有馬かな様（契約番号：×××××）との契約更新を行わないことを決定いたしました。

本決定に至りました理由は、貴殿の今後の活動方針と当社の方針が一致しないためであり、慎重に検討を重ねた結果でございます。これまでの貴殿のご尽力に深く感謝申し上げますとともに、今後のご活躍を心よりお祈り申し上げます。

要するに、「有馬かなは戦力外。もうクビにする」と、事務所がそういうことを言ってきたわけである。

子役事務所は当然子役を取り扱う事務所で、子役のピークは七歳前後。だからもうそろそろ中学生になるかなが契約解除されるのは、当然といえば当然の成り行きだ。

けれど、この通知がママの逆鱗(げきりん)に触れてしまったのは、言うまでもない。

「かなちゃんが頑張ってないから、事務所がこういうことを言うのよ！　ママもかなちゃんが頑張ってるように見えない‼　なんでママの頑張りを無駄にするようなことするの⁉　ママが今まであなたのために、どれだけ自分の時間を使ってきたと思ってるの⁉」

ママは通知書の封筒を、かなの方に投げつけてきた。

別に紙が顔に当たっても痛くはない。もし突き飛ばされても我慢できる。しかし、心にぶつけられた言葉には、ケロイド化した傷口のような、ずきずきとした痛みを伴う。

「ねえ、かなちゃん。あなた本当は、『ママなんてもっと苦しんだらいい』って思ってるんでしょ。じゃなきゃもっと本気で頑張るはずだもの」

ママを苦しませるつもりなんてなかった――。たとえかながそう言っても、母親は聞く耳を持たないだろう。

かなだって、自分なりに上手くやってきたつもりだった。ママに喜んでもらうために、今まで必死で頑張ってきたのである。

しかし、世の中は厳しい。本当に厳しい。いくら頑張っても、誰も評価してくれないことなんてザラにある。近頃のかなは、否応なくそれを痛感させられていた。

有馬かなは、たしかに一時は人気子役だった。天使のようなルックスと天才的な演技の才能を誇る、向かうところ敵なしの〝かなちゃん〟だった。

当時ママは、いつも笑顔で応援してくれていたのを覚えている。その姿は間違いなく全力で、かなはその頃のママが、心の底から大好きだった。

しかしそれも、かなの年齢がせいぜい一桁くらいまでの話。小学校に上がる頃にはドラマの主演はなくなり、十歳になる頃には、ゴールデンタイムの連ドラはもちろん、単発の二時間ドラマにすら呼ばれなくなっていた。

〝十秒で泣ける天才子役〟なんて通り名は、もはや過去のもの。年齢を重ねてしまった子役なんて、世間は見向きもしない。

かなが売れなくなるにつれて、母親は次第に変わっていった。

「最近ちょっと甘えてるんじゃないの？」

「本当に死ぬ気で頑張ってるの？　他の子はみんなそうしてるのよ」

「レッスンに疲れた、なんて弱気なこと言わないで。トップタレントは三日徹夜するぐらいなんてことないって聞いたもの」

かなの月々の収入が減るたびに、そんな小言が増えてきた。

その一言一言が、身を裂かれるように辛かった。大好きなママに喜んでほしいのに、なぜか上手くいかない。焦りと困惑が、幼いかなの心を締め付けていった。

だからかなは、がむしゃらにやれることを全部、全力で頑張った。

バラエティ番組への出演や、音楽活動。子供服モデルに、声優活動。果ては料理番組や、ラジオのパーソナリティまで務めたこともある。事務所から提案される案件には、すべて手を出してみたのだ。イメージ戦略もかなぐり捨てて。有馬かなは役者ではなく、マルチタレントとして活動する道を選んだのである。

しかし結果は鳴かず飛ばず。マルチタレントといえば聞こえはいいが、結局は浅く広い芸能活動だ。闇雲（やみくも）に仕事の幅を広げたところで、急に売れるようになるものではない。なにをやっても、在（あ）りし日の〝かなちゃん〟の人気を取り戻すことはできなかった。むしろ付け焼き刃のマルチな活動を行ったことで、「今の有馬かなは、どこを目指しているのかわからない。もうどうせ芝居も中途半端なのだろう」という批判を集めることになってしまった。話題性でなく純粋にかなの演技力を評価していた数少ないファンたちも、徐々に見限るようになっていた。

そんな状況で、事務所の判断は冷酷（れいこく）だった。

もはや有馬かなには、ファンを惹（ひ）きつける魅力はない。高額のギャラを払って育て直す価値もない。事務所はそう考え、あの通知を送ってきたというわけだ。

かなだって、そんな風に思われるのはもちろん悔しいことだった。魅力がないなんて、そんなことない。私はもっとやれるはずなのに――と、そう思っている。

しかしママにとっては、この解雇通知は「悔しい」で済むレベルのものではなかったようだ。よほどの屈辱を感じていたのだろう。かなを睨みつけ、その不手際を散々になじり始めたのである。

「全部かなちゃんの努力不足でしょ⁉　これ以上ママに恥をかかせないで！」

かなには返す言葉もなかった。

そうなのだ。全部自分が悪い。そんなこと、言われずともわかっている。自分はママに恥をかかせてしまった、悪い子なのだ。

かなは涙がこぼれそうになるのを、ぐっとこらえた。

だからかなは、良い子を演じる。「泣かない自分」の演技をするのだ。

「ああもう、なんでこうなるのよ……」ママは私の鼻を触りながら、憎々しげに呟いた。

「ほんと、こんな風に産んじゃってごめんね。きっと父親に似たのね」

ママ曰く、かなの鼻筋は、特に父親に似ている部分だという。

かなの父は、仕事一筋の人間だった。貿易商として世界を飛び回り、かなの目から見ても、あまり家に寄りつくことがなかった仕事人間の印象である。そんな父が家を出て行ったのは、外に女性を作ったから――らしい。

ママはリビングの床を見つめながら、誰にともなく、ぶつぶつと呟いていた。

『私は自分の人生を犠牲にしてアンタを産んだのに』

かなに対する苛立ちが沸点を越えたとき、ママはいつもその言葉を口にする。言葉の裏はきっと『産まなければよかった』なのだろう。それを聞くたび、かなは胸に鋭い刃物を突き刺されたような気分になる。

ママも若い頃、芸能界を志していたらしい。大学のミスキャンパスに選ばれたり、雑誌の読者モデルとして活動したり、そこそこ夢を叶えるチャンスはあったという。タレントのオーディションにも何度も挑戦していたと聞いている。

しかし、そんなママに岐路が訪れた。当時付き合っていた男性との間に、子供ができたのだ。結婚や出産、子育てのことを考えると、もう夢を追うことは難しくなる。

夢を選ぶか、収入面で優れる男との子供を選ぶか。ママは大いに悩んだ末、自らの夢を諦めて、かなを産むことにしたという。

かなにとってみれば、居たたまれなくなるような話だった。なにしろ自分が生まれてしまったせいで、ママは自分の夢を捨てなくてはいけなくなったのだから。

「もうママはね、かなちゃんに夢を託すしかないのよ。わかるでしょ？」

そんな風に言われてしまえば、かなは「うん」と頷くことしかできなかった。

「ママ、ごめんなさい。次はきっと頑張るから……」

かなは胸の痛みをこらえ、必死で口角を吊り上げてみせた。私は泣かない。ママの方が私よりもずっと辛いんだ――そう自分に言い聞かせながら。

十二歳の有馬かなは、ただひたすらに「いい子」を演じていた。

※

朝が来るなといつも願う。

明日が来なければ、ずっとこの穏やかな夜が続くのに。

夜になったらドアの隙間からリビングの灯りが落ちているかを見る。ママが寝静まったのを確認できてからが、ようやく心の休まる時間だった。胸の奥にある締め付けに、はやく収まれと暗示をかける。

結局その夜、かなは一睡もできなかった。

どうすればママは機嫌を直してくれるんだろう。どうすればまたママに喜んでもらえるようになるんだろうと、かなはベッドの中で悶々と考え続けていたのである。

あくる日、かなが恐る恐るリビングに顔に出すと、そこには意外なものが待っていた。

「あら、かなちゃん、おはよう！」

昨日とは打って変わって、上機嫌なママがそこにいた。新品のエプロンをつけた母は、まるで真夏のヒマワリのような晴れやかな笑顔を見せていた。

キッチンからはパンの焼けるいい匂いがする。テーブルの上には、よく焼けたベーコンにふわふわのスクランブルエッグ、それから彩り豊かなサラダが載っていた。

ママは、普段滅多に料理をしない人だった。このところ家での食事も、だいたいスーパーのお惣菜や宅配ばかりだったのである。

そんなママが朝から料理をするなんて、いったいどういう風の吹き回しだろうか。かなが訝しく思いながら食卓につくと、ママはニコニコしながら顔を覗きこんできた。

「ママね、いいお話を聞いたの」

「いいお話？」

「そう。かなちゃんにとって、すごくいいお話」

嫌な予感がした。

ママは満面の笑みで、スマホの画面を差し出してきた。表示されているのは一通のメール画面。件名には「虹野修吾新作舞台　ヒロインオーディションの件」とある。

「虹野修吾って……」

その名前は、かなにも聞き覚えがあった。変わり者だが、鬼才と呼ばれる演出家だ。彼に才能を見出された役者は、その後の業界での活躍が保証されるという。

メールによればその虹野修吾が、新作の舞台演劇のためにオーディションを行うらしい。関係者筋にしか公開されていない情報だというあたり、オーディションもきっと招待制で内々で行われるものなのだろう。

その情報を、どうしてママが知っているのか。かなが首を傾げていると、ママは得意げに胸を張った。

「知り合いの舞台監督さんから聞いたのよ」

以前からママは、業界人とコネクションを作るのを趣味のように楽しんでいた。かなの仕事に便乗する形で、よく名刺をやり取りしていたのだ。おそらく、ママはママなりに、夢だった芸能界を楽しんでいたんだろう。

ほとんどの相手からは煙たがられ、すぐに関係を切られていたようだが、中には奇特な人もいる。ママの言う〝知り合いの舞台監督さん〟もそのひとりなのだろう。

「かなちゃんがこの虹野修吾って人の舞台に出られれば、きっとまた人気者になれるんじゃないかしら。事務所だって、扱いを考え直してくれるわ」

「でもママ」かなはママの顔色を窺(うかが)いながら、慎重に言葉を選んだ。「この演出家さんはすごく有名な人だから……オーディションだって、誰でも出れるわけじゃないと思うよ」

ママは「問題ないわ」と笑った。「だって、あなたはあの〝かなちゃん〟なんだから。日本一の子役だもの。自信を持ちなさい。きっとオーディションくらい受けさせてもらえるわ」

そんなに上手くいかないよ、ママ。かなは心の中で呟いた。ママは現実が見えていない。今の自分はママが思っているほど、知名度があるわけではないのだ。子役としての旬は、とうに過ぎている。

「もし不安なら、ママが一言その虹野とかいう演出家に頼んでもいいのよ。かなちゃんにオーディションを受けさせなさいって――」

「ううん。それはいい」

かなはブンブンと首を横に振った。これは私の問題だ。ママに迷惑をかけちゃいけない。

「行ってくる。必ずオーディションに合格してくるから」

かながはっきりとそう告げると、ママは機嫌よく「そう」と笑みを浮かべた。

「今回は自信たっぷりね。それなら安心だわ」

「うん。安心してて」

安心なんてできるはずがない。冷や汗が飛び出そうだった。合格どころか、そもそもかながオーディション自体を受けさせてもらえるかどうかさえ怪しいのだから。というか、無理だと思った。

しかし、かなにはママの提案を拒むという選択肢はなかった。

今日は機嫌がいいけれど、かなが文句を言ったら、また怒りの形相に戻ってしまうかもしれない。それだけは避けたかった。

とにかくこのオーディションに合格しさえすれば、ママの機嫌は良くなってくれるはず。

かなはじっとスマホ画面を睨みつけ、オーディション情報を頭に刻みこんだ。

自分の力でどうにかするほかない。誰も助けてなんてくれないんだから。

※

そして、二月の第三日曜日がやってきた。世田谷の劇場ホールで、虹野修吾のオーディションが行われる日だ。

かなも久しぶりに気合いを入れて会場へと向かった。

しかし、問題は起こった。やはりというべきか、会場へ向かうエレベーターに乗ろうとしたところで、容赦(ようしゃ)なく止められてしまったのである。

「――だから、ダメなものはダメなんだよ」

エレベーター前に立ちはだかっているのは、三十代くらいの男性だった。縁なしの丸眼鏡をかけたボサボサ頭のオジサンで、「ＳＴＡＦＦ(スタッフ)」の文字入りのジャンパー姿。どうやら彼は、今回のオーディションのために虹野修吾に雇われたスタッフらしい。

「今回のオーディションに参加できるのは、虹野さんから事前に招待を受け取った子たちだけなの。キミは招待を受けてないんでしょう？」

スタッフにじろりと睨みつけられ、かなはかあっと頰が熱くなるのを感じた。お前なんてお呼びじゃない――まるで、そういう風に言われているように感じたからだ。

しかし、かなはなんとかこらえた。ここで引いちゃダメだ。胸の内からこみ上げる悔しさを飲みこみ、必死に冷静を装う。恥なんてないふりをする。

「どうしてもこのオーディションを受けなきゃいけない事情があるの。とりあえず中に入らせて。虹野さんと話をするから」

スタッフが、困ったように首を振る。

「入らせて、って言われても、勝手に入れるわけにはいかないんだって」

しかしかなとしても、ここで引き下がるわけにはいかなかった。ママのためにも自分のためにも、必ず舞台に立たねばならない。誰もが愛する〝かなちゃん〟に、返り咲かなければならないのだ。

「私なら、誰よりも上手く演じてみせられるわ。絶対後悔はさせないから」

鉄の笑顔を崩さない。さも入れてもらって当然という顔をする。冷や汗をかくのは握りしめた手の中だけでいい。

スタッフの人は少したじろいだように見えた。私の芝居も捨てたものじゃない。かなは手応えを感じた。このままゴリ押せば虹野修吾のもとまでは行けそうだ。

光明が見えたその時、騒ぎに見かねた中年のスタッフが小走りで入ってきた。

「なになに？　なんの揉め事？」

「いやなんか……この子がオーディション受けたいから虹野さんに会わせろって」

中年のスタッフは、「はあ」と深いため息をついてみせた。それからジロジロとかなの顔を訝しげに睨みつけてくる。

「キミさ、どこかで見たことあると思ったら、アレでしょ。何年か前によくテレビに出てた子。えーと」

どうやらこのスタッフは、かなの顔を知っていたようだ。しかし、ちゃんと名前を憶えられていない。かなにとって、彼の反応は屈辱そのものだった。

かなは内心の煮えたぎるような悔しさをぐっとこらえ、「有馬かなです」と呟いた。

「ああ、そう、それそれ。有馬かな」

スタッフが、ようやく思い出したかのように頷いた。

もしかしたら有馬かなの名前は、いまや演劇関係者の中でもすでに過去のものになりつつあるのかもしれない。それを思うと、胸がチクリと痛くなる。

「あのさ、そんなわがまま通らないから」

スタッフは後ろ頭を掻きながら、億劫そうに告げた。

「親切心で言ってあげるけど、キミたち親子、面倒くさいって有名だよ。いつも自己中で、裏方に配慮する気はゼロ。演劇界隈じゃ、有馬かな案件はＮＧって人もチラホラ居るし」

かなは下唇を噛みながら、自分にぶつけられる辛辣な言葉をぐっと耐えた。

「まずはそういう態度だよ？」

有馬かなが業界で爪弾き（つまはじ）にされていることなんて、いまさら言われずともわかっている。

お呼びがかからないのは、今回のオーディションに始まったことではない。

原因は、かな自身もよくわかっていた。

子役として売れていた頃の有馬かなは、周囲に対してものすごく身勝手な態度を取っていたのだ。映画の監督に「アンタの作品つまんない」と舐（な）めた口を叩いたり、ADをパシリ扱いにして毎度オヤツを買ってこさせたり。やりたい放題だった。

しかし、かなは当時、それらの行動が悪いことだとは微塵（みじん）も思っていなかった。自分がスタッフに対して横柄（おうへい）な態度を取れるのは、立場上当然のことだと思っていた。

母親に舐められないようにしろって。大女優として振る舞えって言われ続けて。

そうだよね、私は天才子役。みんながチヤホヤしてくれる。みんなの役に立っている。

だからその分なにをしてもいいんだ――。そんな風にすら考えていた。

幸いにも、かなはとあるふたつの出会いをキッカケとして、そんな自分の考えが間違いだということに気づくことができた。

ひとつは、とある子役の男の子との出会い。あの子は、かなよりも年下のくせに、初めての映画でとんでもない怪演を見せた。本物の天才とは、きっとああいう子のことを言うのだろう。あの男の子のおかげでかなは、自分が天才だという、甘えに似た思い上がりを捨てることができた。

もうひとつは、その映画のカントク――五反田泰志（ごたんだたいし）監督との出会いだった。横暴なふるまいをしていたかなに、あのカントクは釘を刺した。「もう少し周りと上手くやらねえと、この業界長くやれねえぞ」と。

そこでようやく、かなは子供ながらに思い知ったのだ。自分が周囲に対して横柄にふるまっていたのは、良くないことだった、と。

今思えば、当時のかなの言動は、立派なハラスメントだ。「知らなかったから」とか「子どもだったから」といっても、だからなんだで切られる世界。この業界は人間の心象を売りものにして、人間の心象で動いているのだから。

ともかくそれ以来、かなは周囲への対応を変えるように心掛けてきた。周りの顔色を窺い、空気を読んで、なるべく上手く合わせるように注意の限りを尽くしてきた。

しかし、時はすでに遅すぎたのかもしれない。

芸能界において、一度ついた悪評は、洗濯物の油汚れのよう。どれだけ綺麗にしようとしても、どれだけこすり続けても、一度ついた染みは消えることはない。そしてこの世界に漂白剤などない。

目の前のスタッフが、かなに対して向けている感情もそういうことなのだろう。礼儀知らずに無礼で返しただけ。彼はまるで害虫でも追い払うかのように、手をヒラヒラと振った。

「とにかくさ、キミ、もう帰ってくれる？　他のオーディションの参加者にも、虹野さんにも迷惑になるから」

「それはできないの、お願い」

家に帰れば、待っている。私に夢を託す母親が。何もせずに帰るわけにはいかない。

かなはスタッフに一歩近づき、その顔を見上げた。

彼は眉をひそめ、心底嫌そうな表情を浮かべている。

「ちょっとほら、離れて」

「どうかオーディション、受けさせてください。この通りです」

かなは、スタッフの足元に膝をついた。両手を床につき、そのまま額を床に擦りつけるように頭を下げる。

スタッフは、「えっ」と驚いた声をあげた。

「ちょ、なにして……」

スタッフは、すっかり返す言葉をなくしてしまったようだった。

十二歳の女の子が、しかもあの悪名高い有馬かなが、土下座までして懇願しているのだ。

「私が主演に選ばれたら、ぜったいにお客さんの入るお芝居にしてみせるから……どうか、どうかお願いします！」

スタッフの彼も、どう対応していいのかわからないのだろう。

ぱちぱちぱち、と拍手の音が響いたのはそのときだった。

「――いいね。面白い」

かなは顔を上げ、拍手の響く方に目を向けた。エレベーター脇のソファーに、コートを着こんだ初老の紳士が座っているのが見える。

眼光は鋭く、口髭とオールバックの髪には半分ほど白いものが交じっている。やせ型で、どこか枯れ木を思わせるような見た目だった。

「あの有馬かなさんが、ここまでプライドを捨てたんだ。その心意気に免じて、オーディションを受けさせてやるぐらいはいいんじゃないですか」

紳士はゆっくりとソファーから立ち上がり、かなの方に歩いてきた。左足が不自由なのか、取っ手つきの杖に右半身の体重を預けている。

スタッフが、驚いたような様子で初老の男性に目を向けた。

「ですが、虹野さん」

「もともと参加者は七名。それが八名になるくらい、構わないでしょう?」

虹野と呼ばれた初老の紳士は、少しばかり口の端を吊り上げた。

かなはようやく気づいた。そうか、この人が虹野修吾なんだ。

虹野は、かなの方に向き直り、「立ってください」と告げた。かなは言われた通り、素直にその場から立ち上がる。

虹野は、ごほんと咳ばらいをした後、口を開いた。

「有馬かなさん。あなたは、どうしても当方のオーディションを受けたいのですね」

「はい」

「このオーディションでは、実績でなく実力で役者を選びます。それはわかっていますか?」

「もちろんです」かなは覚悟を決めて、大きく頷いた。「望むところです。私は、実力で主役を取りに来たんです」

虹野は、嬉しそうに頷いた。それからかなの目をじっと見つめ、「いい目をしていますね」と頬を緩める。

「ただ才能に溺れていた頃のあなたとは違うのかな？ そのハングリーさは悪くない」

かなは「……どうも」と頭を下げた。とりあえず、気に入られたということでいいのだろうか。

「それでは、オーディション会場で会いましょう。いい演技を期待しています」

虹野はふっと笑って、踵を返した。

ゆっくりと歩き去る虹野の背中を見つめながら、かなはゆっくりと息を吐いた。

あれが、鬼才と呼ばれる演出家、虹野修吾だ。想像していたよりもだいぶ落ち着いた人物だったが、その薄笑いの下にはどんな素顔が隠されているかわからない。

心してかからないと――。かなは、ぎゅっと気持ちを引き締めた。

第二章

オーディション参加者の控室に入ってきたのは、有馬かな——かなちゃんだった。

あかねが呆然とその顔を見つめていると、かなちゃんは「なに?」と眉をひそめた。

「何か用?　アンタ誰?」

それはまるで、初対面みたいな反応だった。まじまじとかなに見つめられ、あかねは狼狽えてしまう。

もしかして、とあかねは思う。かなちゃん、私のこと忘れちゃったのかな。それとも、認知すらされてなかったのかな。

あかねにとっては当然、あれは忘れたくても忘れることのできない出会いだった。なにしろ、今でもときどき悪夢として蘇るような出来事であった。

しかし、かなちゃんにとっては、そうでもなかったということだ。あれはきっとすぐに記憶から消えてしまうくらい、どうでもいい出会いだったのだろう。

まあ、落ち着いて考えればそれも当然かもしれない。

あれはもう数年前のことだ。かなちゃんのファンは、当時全国に何千人何万人といたはずである。あかねなんてそのうちのひとり、名も無きフォロワーAにすぎない。ちょっと顔を合わせて話した程度のことなんて、忘れられてしまうのも無理はない。

しかも今は、あかねの容姿もあの頃とはだいぶ異なっている。かなちゃんに「真似するな」と言われたあの日から、あかねはなるべく見た目を変えるように気をつけてきたのだ。

髪型も以前はボブカットにしていたけれど、今では背中に届くくらいに長い。服装も意識して可愛い系は避けている。今日もシックなデザインのブラウスに、ロングのスカートを合わせていた。

脱〝かなちゃん〟を己に課していたあかねは、当時とは別人に見えるはずだ。

だからあかねは、初対面を装ってかなちゃんに話しかけることにした。

「あの、初めまして、かなちゃん。私は黒川――」

あかねの自己紹介を、かなちゃんは「悪いけど」と遮った。

「私は別に、同業者と慣れ合うつもりないから」

そうして、そのまま何事もなかったかのような顔でパイプ椅子のところに行き、さっさと腰を下ろしてしまう。

かなちゃんは、むすっと険しい表情を浮かべてスマホに目を落としていた。

怒っているのかなんなのか、よくわからない。少なくとも昔テレビで見せていたような笑顔は、その名残も見られなかった。

あかねはため息をつきながら、空いているパイプ椅子に腰を下ろした。

なんだか不安だ。まさか、またかなちゃんと顔を合わせることになってしまうなんて。

あの日に感じた辛い気持ちが、じくじくと胸に蘇ってくるのを感じる。こんな状況で、自分は本当にオーディションなんてこなせるのだろうか。

他の子たちの様子を見れば、皆かなちゃんを意識しているようだった。「あの子ってほら」「〝十秒で泣ける天才子役〟の」と、ひそひそ話があちこちから聞こえてくる。

高藤エミリさんと鈴見リコさんも同じだ。ちらちらとかなちゃんの方に視線を向けて、なにやら話をしている。

エミリさんが、「こんにちはぁ」と明るい笑顔でかなちゃんの方に一歩近づいた。

「有馬かなさんですよね？　初めまして。高藤エミリです。『劣化家族』観てました。あのときのかなさん、すっごくよかったですよぉ」

エミリさんのあからさまなおべっかに、あかねは閉口してしまった。猫撫で声とはああいうのを言うのだろう。あかねに対する態度とはまるで違っている。

鈴見リコさんも「そうそう！」と媚びたような声で追従する。

「かなちゃんといえば、『ピーマン体操』だよね！　すっごく可愛くて、昔よくテレビ見ながら一緒に歌ったなあー」

しかしかなちゃんの方は、「ああ、そうなんだ」と特に嬉しくもなさそうな表情だった。

「でも、今はそんなのどうでもいいでしょう」

「ど、どうでもいいって……」

エミリさんが目を丸くしている。せっかくのおべっかがバッサリ斬って捨てられたことに、驚いているようだ。

かなちゃんは「悪いけど」とエミリさんを見上げた。

「オーディションに向けて集中したいの。あなたもそうしたほうがいいわ」

取り付く島もないかなちゃんの態度に、エミリさんとリコさんはすごすご退散することしかできなかった。小声で「なんなのあれ」「超感じ悪い」などと陰口を叩き合っている。

「せっかく声掛けてやったってのにさあ」

「泣きの芝居一本しかできないくせに。そんなんだから干されるのよ」

エミリさんとリコさんは、今や本人にも聞こえるような声で悪口を言っている。かなちゃんに素っ気ない態度を取られたのが、よほど腹に据えかねたのだろう。

もっとも、当のかなちゃんは顔色ひとつ変えていなかった。入ってきたときと同じような仏頂面で、ずっとスマホの画面に目を落としている。泰然自若といった様子である。きっとあのふたりの悪口も、小虫の羽音ぐらいにしか思っていないのかもしれない。

さすがだなあ、とあかねは思った。かなちゃんに対して思うところは色々あるけれど、こういうメンタルの強さは素直に見習った方がいいのかもしれない。

それに、かなちゃんは泣き演技一本じゃないんだけどなぁ……本領はもっと違う芝居なのに、あの子たちぜんぜん作品チェックしてないんだなぁと、あかねは内心呆れた。


かなちゃんが控室に入ってきてから十分ほど経ったところで、控室のドアが開いた。二十代中頃の女性スタッフが「失礼いたします」と頭を下げ、部屋に入ってくる。

「それでは皆様、本日は、虹野主催のオーディションにお集まりいただき、本当にありがとうございます」

エミリさんとリコさんもいつの間にかおしゃべりを止め、真剣な表情でスタッフを見ていた。ついさっきまでかなちゃんの悪口を言っていたとは思えないくらいの変わり身の早さである。さすが今をときめく人気子役だけあって、真面目な演技はお手のものというわけだ。

「今から、皆様にオーディション用の台本をお配りいたします」

スタッフは、手にした冊子を参加者たちに配り始めた。

あかねも台本を受け取り、パラパラとめくってみる。

台本は、コピー用紙十枚程度の代物（しろもの）だった。ホチキスで綴（と）じてある。この台本だと、演劇としてはかなり短いものになる。およそ三分程度の寸劇だろう。

タイトルは、『口論』とある。登場人物は「夫」と「妻」のふたり。台本をざっと読む限り、この「夫」と「妻」が、自宅のリビングで言い争いをしている様子が描かれている。

不思議だな、とあかねは思う。虹野修吾の次の舞台は、ローティーンの少女がヒロインの作品だと聞いていた。

なのに、この台本の登場人物は「夫」と「妻」の大人ふたりだけ。

これはどういうことなのか。どうして主人公の少女役を決めるオーディションで、大人の男女を演じる必要があるのだろう。

もしかして――とあかねは思う。これは普通のオーディションではない可能性がある。

このちぐはぐさには、何かしらの意味があるのかもしれない。

いったい主催者は、この台本で参加者のなにを測るつもりなのだろうか。

「これから三十分間で台本の内容を頭に入れていただきます。皆様にはその後ホールの方に移動して、この台本を実際に演じてもらいます」

高藤エミリさんが、「すみません」と挙手をした。

「台本に記載されているのは『夫』と『妻』ですよね。私たちは、そのどちらの役をやればいいんですか？」

「申しわけありませんが、質問にはお答えできません」

スタッフに素っ気なく告げられ、エミリさんは「は？」と目を丸くしている。他の参加者たちも、呆気に取られてスタッフの顔を見つめていた。

スタッフの女性は、「虹野の意向ですので」とだけ告げ、控室から出て行ってしまう。

なるほど、と、あかねは納得した。演出家の虹野修吾さんといえば、変わり者で有名な人物である。これは、参加者を試そうとしているのだ。

もしかしたらオーディションの形式は、参加者を「夫」か「妻」のどちらかに無作為に振り分けるものかもしれない。その場合、「夫」と「妻」、両方の台詞が入っていなければ話にならない。片方しか覚えていない参加者は、容赦なくふるい落とされることになる。

自分の台詞だけでなく、台本全体をきっちり読みこむ役者の方が、作品を深く理解できる。虹野修吾という演出家は、そういう役者をヒロインに選びたいのかもしれない。

かなちゃんの方をちらりと見れば、すでに彼女は台本を熟読することに集中しているようだった。小さく口を動かし、「夫」と「妻」の台詞を通しで呟いている。

私も、頑張らなきゃ——と、あかねは台本に目を落とした。

「夫」の立場から、そして「妻」の立場から。それぞれの台詞を吟味し、ふたりの人物像を作り上げていく。「夫」と「妻」、そのどちらを演じることになってもいいように、双方しっかり準備しておくのだ。

しかし三十分後、あかねは驚愕することになる。

この舞台で自分たちが演じることになる役柄は、「夫」でも「妻」でもなかったのだ。

※

あかねは、ひたすら台本に集中していた。

時間というものは、集中していると驚くほど速く経つものだ。台本を読みこむ三十分は、あっという間に過ぎ去っていた。

その後、控室に戻ってきたスタッフが、あかねたち参加者をオーディション会場へと先導する。向かう先は、ビル下階の劇場ホールだ。

ここはビル内にいくつかあるホールのなかでも、もっとも小さいものだった。客席数は三百にも満たないが、柱も床材も真新しく、作りは全体的にしっかりしている。素人目に見ても、照明も音響も、よく考えられて設計されているようだ。オーディション用に使わせてもらうのがもったいないくらいの立派なホールだった。

ステージの上に目を向ければ、四十代くらいの男女ふたりの姿があった。男性の方はすらりと背が高く、タートルネックのセーターを身に着けている。女性の方はエプロン姿で、穏やかな微笑みを湛えていた。ふたりとも、どこかで見覚えのある顔だった。

あかねのすぐ後ろから、かなちゃんがはっと息を呑むのが聞こえてきた。

「あれ、三沢淳一と、中村菜々子じゃない」

その名前を聞いて、あかねも思い出した。ふたりとも映画やドラマでおなじみの役者だ。

三沢淳一は国民的人気を誇る刑事ドラマで、長年主役のバディ役を務める人気俳優である。その甘いマスクには、多くの女性ファンがいるらしい。

一方、中村菜々子はモデル畑出身の女優だ。十年ほど前、『すずらんの想い出』という映画で、主演女優賞を獲っている。

ふたりとも、あかねからすれば雲の上の存在ともいうべき役者だ。大ベテランである。

どうしてあんなすごい役者さんたちが、ステージにいるんだろう。あかねが首を傾げていると、スタッフの女性が参加者たちに向けて口を開いた。

「こちらの三沢さんと中村さんには、今回のオーディションの相手役を務めていただきます。三沢さんが『夫』役、中村さんが『妻』役です」

鈴見リコさんが、「へえ」と目を丸くしている。

「単なるオーディションの相手役だってのに、ずいぶん豪華なキャストを使うんだ」

「さすがは虹野修吾というところね」

高藤エミリさんもまた、感嘆のため息を漏らしている。

あかねも同じことを思っていた。そして同時に、ものすごい緊張を覚える。自分は今から、あのベテラン役者たちの相手役を務めることになるのだ。

自分が「妻」になれば、相手は三沢淳一、「夫」になれば中村菜々子と共に舞台に立つ。

おそらく、そういうことだろう。

しかしその後に続けられたスタッフの説明は、そんな予想を大きく裏切るものだった。

「皆様の配役は、『空気』です。三沢さん、中村さんと共にステージへ上がり、『空気』役として『口論』の舞台を作り上げてください」

あかねは耳を疑った。空気？　配役が空気って、どういうことだろう。

他の参加者たちも混乱しているようだった。

「なによ空気って」「そんなの台本になかった」「どうすればいいの？」

参加者たちはそんな風に、首を傾げたり、互いに顔を見合わせていたりする。

そのときホールの客席から、「ふふっ」と小さな笑い声が聞こえてきた。中央の席に座っているのは、白髪交じりの髪をオールバックに固めた細身の紳士だ。

演出家、虹野修吾。以前演劇雑誌で特集が組まれていたから、あかねもその顔はよく知っていた。

さすが鬼才と呼ばれるだけあって、予想だにしない課題を出してくるものである。参加者たちが困惑している姿を、楽しんでいるのだろうか。

かなちゃんを見る。彼女は他の参加者のように困った様子もなく、ひとり頷いている。

「空気……あっそ」

芸歴も経験も豊富なかなちゃんには、なにか目算でもあるのだろうか。

スタッフの女性が、「それでは皆様」と参加者たちに呼びかけた。

「これから、演じる順番を発表いたします。まず最初は、流山りんねさん、二番目に高藤エミリさん。三番目は、黒川あかねさん」

名前を呼ばれ、あかねの心臓がドキリと跳ねた。三番目となると、そこそこ早い順番だ。自分の番が回ってくるまでに、なんとか演技の方針を決めることができるだろうか。『空気』役——いったいどうすればいいんだろう。

※

大輝にそのメールが届いたのは、二週間ほど前のこと。劇団ラライ冬公演の千秋楽がちょうど終わったタイミングだった。

「件名：オーディション審査員のご依頼
姫川大輝様
突然のご連絡失礼いたします。この度、私たちの新作舞台のキャストオーディションを開催するにあたり、是非とも姫川様に審査員を務めていただきたく、ご連絡差し上げました。
姫川様の豊富な経験と卓越した演技力は、オーディション参加者にとって大変貴重な指針となることでしょう。また、姫川様のご意見を伺うことで、私たちもより良いキャスティングができると確信しております。
オーディションは以下の日程で行われます——」

そのメールの第一印象は、端的に「面倒くさそう」だった。大輝は一応、まだ中学生なのである。役者と学業の両立でなにかと忙しいのだ（まあ、実際のところは勉強なんてほとんどしたことはなかったけれど）。

メールは無視してゴミ箱行きにするか。大輝はそう思ったのだが、差出人の名前を見て削除の手を止めた。

そこには、「演出家　虹野修吾」とある。

虹野といえば、大輝も知らない相手ではなかった。二年前、彼が演出を務める舞台に出たことがあった。『影の鍵盤』という作品で、苦悩する少年ピアニストの役を演じたのだ。当時の評判は上々。大輝自身、自分でもこういう演技ができるのかと驚いたものだ。知らず知らずのうちに、演技の幅が広がったのだろう。

そういう意味では大輝も、虹野という演出家に対して一応の恩義を感じているのだ。

幸い、日程を調整すれば時間を空けることはできる。自分に審査員なんて立派なことができるかはわからないが、見学半分で観に行くのも面白い。大輝にとって、才能のある人間の演技を見るのは興味深いことだったからだ。それが年上か年下かは関係ない。

なんか、おもれー演技が見られるかもな。

姫川大輝はそんな軽い考えで、メールに「朝起きれたら行きます」と返信したのだった。

※

当日、大輝は朝から田園都市線（でんえんとし）に揺られ、劇場ホールのある駅へと向かった。オーディション会場は、駅前のビル内のホールで行われるらしい。

劇場ホールに入ると、虹野修吾が客席から手を振っているのが見えた。

「ああ、姫川くん。来てくれましたか」

大輝は「どうも」と軽く会釈をして、客席へと近づいた。虹野から「座ってください」と促（うなが）されたので、素直に虹野の隣の席に腰を下ろす。

虹野は、好々爺（こうこうや）めいた笑顔を大輝に向けた。

「お忙しいところ、お呼び立てしてしまってすみませんでしたね」

「いえ、別に構わないです。どうせ暇だったし」

大輝が答えると、虹野は「またまた」と口髭（くちひげ）を揺らした。

「お忙しいのは聞いてますよ。なにしろ姫川大輝といえば、今や若手ナンバーワンの期待株じゃないですか」

大輝は「そうなんですかね」と首を傾げた。別に謙遜（けんそん）をしているつもりはない。周りが自分をどう評価しているかなんて、特に興味がなかったからだ。

大輝の中では、自分はただの演劇人間だと思っている。好きで舞台に立っているだけで、それがもてはやされても、賞を獲ったとしても、特に感慨は湧かない。

虹野も、大輝のそういう性格はよくわかっているようだ。「姫川くんらしいですね」と、小さく肩を揺らしている。

「今度島政則（しままさのり）監督の映画で、主演を務めることになったとも聞いています。劇団ラライの公演だけでも大変な時期でしょうに」

「まあ、そのへんはなんとか……。テキトーに気を抜いてかないと、疲れますし」

決して無理はしない。それは大輝のモットーでもある。

五歳の頃、大輝は両親を失った。それも心中というショッキングな形で。大輝はそのときに色々とメンタルを病みかけた経験から、自然とそういう生き方を編みだしていた。

辛い過去は、なかったかのように蓋をして、切り離し、隔離する。

楽しいことを、楽しいようにやって生きる。それでいいのだ。

演劇の稽古も同じだ。「楽しい」と思える範囲で止めておいた方が、案外パフォーマンスが上がったりするのである。

大輝は「でも」と虹野に尋ねた。

「俺でいいんですか。オーディションの審査員の経験なんて、全然ないんですけど。そもそも俺まだ中坊ですし」

「大丈夫です。むしろ姫川くんみたいな、若い感性が必要だと思いまして」

メールの文面によれば、今回は子役のオーディションだということだった。十代前半の少女たちを集め、その中から新作舞台のヒロインに抜擢するらしい。

「それに」虹野は、年甲斐もなく悪戯っぽい笑みを浮かべた。「きっと姫川くんにとっても楽しいひとときになるんじゃないかな。今回のオーディションには、面白い子が参加してますから」

「ふーん……」大輝は周囲をきょろきょろと見回しながら、「ていうか」と続けた。

「俺以外に、審査員っていないんですか？」

「ええ。姫川くんだけです。私とキミで、参加者を採点していく形ですね。意見を無駄に多くしても、ノイズになるだけですから」

「はあ」大輝は呆気に取られた。「そりゃまた、責任重大なこって」

「まあ、姫川くんの場合はあまり気負わず、思ったことをそのまま言ってくれればいい。率直な感想が一番ですから」

「それならまあ、気が楽ですけど」

「とにかく、いち観客として楽しんでください」

虹野がステージへと目を向けた。今は、オーディション用の小道具や背景を設置しているところらしい。

ステージの上には、ソファーとダイニングテーブルが運ばれてきていた。背景には戸棚やキッチン、エアコンといった大道具セットが並べられている。この舞台は、どうやら家庭のリビングを表現しているようだ。

その後、舞台袖（そで）からオーディションの補助役が現れる。ふたりの超豪華俳優だ。

険しい顔でソファーに背を預けているのは、三沢淳一だ。そして、エプロン姿の中村菜々子が、そんな三沢に背を向けてキッチンの前に立っている。台本では彼らが「夫」と「妻」として、これから口論を行うことになっている。

大輝は思わず「すげーな」とこぼした。

「あんなビッグネーム、わざわざ要らないでしょ。なんで居るんです？」

「昔から付き合いのある方たちですから。頼んだら、気前よく引き受けてくれましたよ」

虹野はなんでもないことのように言っているが、それがどれだけすごいことなのかは大輝にだってわかる。三沢淳一も中村菜々子も、なかなかスケジュールを押さえられない役者として有名だからだ。

「みんな思ったより暇なのかな。でも、うん。楽しそうだ」

大輝は「俺も女子なら参加してたかもな」と笑った。

虹野から渡された台本を、パラパラとめくってみる。

今回のオーディション参加者は、あのふたりが口論を繰り広げる舞台で、「空気」役として演技をするという。

「ところでこの、『空気』役ってなんなんすか」

大輝の疑問に、虹野はふっと小さな笑みを浮かべた。

「さあ、なんでしょう」

「いや……ナゾナゾじゃあるまいし」

「私としては、特にこれといった答えを設けていないんですよ。そこは、役者個々人の解釈に委ねようと思っておりまして」

大輝は「やべえなこの人」と思った。自分が演る側だったら「ふざけんな」と言っていたかもしれない。

要するに今回のオーディション参加者たちは、ただ役を演じるだけではなく、台本の考察や表現方法の決定まで独自にこなさなければならないのだ。それは役者としてのみならず、脚本家や演出家的な能力も判断されるということである。

それがどれほど難易度の高いことなのかは、大輝にもよくわかっていた。

役者にとっては、「あなたの自由に演じてください」と言われることが一番難しいのだ。

脚本家と演出家のいない演劇なんて、例えるなら地図もコンパスもなしに大海原に漕ぎ出るようなもの。すぐに難破するか、漂流するのが関の山だ。

ちらりと横目で虹野を見れば、彼は楽しげな様子でステージの設営を見守っていた。

「とにかく面白い舞台にしてくれればいい。基準はそれだけです」

「面白い舞台、ですか」

ドSかよ、と大輝は思う。虹野修吾は日本屈指の演出家だ。そんな彼を楽しませるというのは、どれだけの無理難題になるのだろう。以前彼の舞台に立ったとき、徹底的に演技指導を受けた大輝は、その難しさがよくわかっていた。

「そんなレベルまでやれる子、いないでしょ」

「いなきゃいないで、仕方ないですけれどね。そのときはまた役者を探して、再オーディションをやるしかない」

虹野は「でもね」と席に深く座り直した。まるで子供のように目を輝かせて、まっすぐにステージを見つめている。

「今回は出てきそうな気がするんですよ。なんとなくですけど」

大輝も、「だといいですね」とステージに目を向けた。

まあ、あまり期待せずに見守ることにしよう。虹野を楽しませることができる子がいるとしたら、それは間違いなく天才だ。

そんな天才なんて、世の中の一握りでしかないのだから。

※

「『ねえ、どうしてなの⁉　どうしていつも帰りがこんなに遅いの⁉』」

「『仕事が忙しかったんだよ。そんなに怒らないでくれ』」

「『いつもそうやって仕事を言い訳にして！　どうせ私に全部家事を押し付けて、他の女のところに行ってるんでしょう⁉』」

大輝は、じっと黙ってオーディションのステージを見守っていた。

ステージの上では三沢淳一と中村菜々子が、顔を真っ赤にして罵(のの)り合っていた。不実な「夫」と、疑心暗鬼に陥(おち)いる「妻」のぶつかり合い。その一触即発の構図を、ふたりは見事に表現している。

さすがベテランというだけのことはある。臨場感たっぷりの口げんかは、こちらをグイグイと作中に引きこんでいくパワーがあった。公開したらこれだけでお金になるだろうに、と思わなくもない。

一方、オーディション参加者は、ステージの端あたりをフワフワと踊るように動き回っていた。

資料によれば、あれは高藤エミリという子らしい。年齢は十三歳。『児童劇団　月(つき)の夢(ゆめ)』所属の子役だという。育ちのよさそうな、整った顔の美少女だ。そういえば、最近ドラマやCMで顔を見た気がする。

高藤エミリは、ベテランふたりの口げんかをよそに、舞台上でヒラヒラと踊るような動きをしている。大道具として設置されたエアコンの下あたりで手を広げ、時折ゆらゆらと左右に揺れ動いているのだ。

いったいアレは、なにをしているんだろう。大輝が首を傾げていると、虹野が興味深そうに「ふむ」と頷いた。

「エアコンから出る風を表現しようとしているのかな」

「風……ああ、流れる空気ってことですか」

「こういう解釈もある、と。子供たちの発想はユニークでしょう」

虹野は「ふふっ」と薄く笑い、高藤エミリの風の演技をじっと見つめていた。

「俺にはよくわからないですけど」大輝も頷いた。「『空気』ってお題に真正面から向き合った答えってことなのかな」

「ええ。最初の子と比べれば、雲泥(うんでい)の出来です」

言い方は悪いですがね――と、虹野は苦笑する。

この高藤エミリの前に演じた一番手の子は、もっと酷(ひど)い有様だった。なにしろその子は舞台に上がったきり、なにもしなかったのだ。最初から最後まで台詞も動きもなく、ただ棒立ちで突っ立っていただけなのである。

あの子は「空気」を表現しようとして、存在感を消し、それこそ空気に徹しようとしたのかもしれない。

まあ、そういう考えに逃げたくなる気持ちもわかる。「空気」という役の解釈は難しい。その中で「空気」＝「なにもしない」は、一番安易な解釈だからだ。

しかしそれでは、役者として舞台に立つ意味がまるでない。役者とは、なにかを表現するために舞台に立つ仕事だ。それでギャラをもらっている。それなのに、なにも表現できないのであれば、いる必要がない。

それを考えれば、身体（からだ）の動きで「エアコンから流れ出る風」を表現している高藤エミリは、大健闘していると言えるだろう。

虹野は「ふむ」と口元に手を当て、椅子に背を預けた。

「あの高藤エミリさんも、子役としてそれなりに場数を踏んできた役者です。観客の目を惹（ひ）きつける技術を心得ている」

「あれはダンスとかやってる子の動きですかね。なかなか上手（うま）いんじゃない？」

「実際、今回のスタッフの中でも、彼女が合格すると予想している者も少なくありません。この年代の女優の中では、高藤エミリさんが今一番勢いのある子ですからね」

ステージでは、「夫」と「妻」による口論が佳境を迎えていた。

「『俺だって、色々付き合いがあるんだ！　少しは理解してくれよ！』」

「『理解？　私がどれだけ我慢してるか、あなたにはわからないのよ！』」

「『じゃあ、どうしろっていうんだよ！』」

夫役の三沢淳一が、「『もう限界だ！』」と叫んだ。

妻役の中村菜々子が、「『私だって限界よ！』」とフローリングに泣き崩れる。

「『もうこんな生活、耐えられない！』」

「『じゃあ、別れた方がいいのか？』」

「『本気で言ってるの？』」

泣き顔で見つめる「妻」を、「夫」は冷たい目で睨みつけた。

舞台の雰囲気がヒートアップしても、高藤エミリの演じる「空気」は軽やかな舞いを続けていた。我関せずという表情で、独自のダンスを続けているのである。

舞台上は不思議な雰囲気に包まれていた。「夫」「妻」の激しい口げんかと、美しい「空気」のダンスの対比。高藤エミリがこれを意図して作り上げているなら、大したものだ。

虹野も「面白いものですね」と感心の呟きを漏らしている。

結局、高藤エミリはそのまま芝居のラストまで一本調子で演じ切った。最後までブレることなく「エアコンから流れ出る風」を演じ続けたのは、ある種の胆力を感じる。そういう点でも評価できるのかもしれない。

このオーディション、案外期待できるのかもしれないな――大輝はそんなことを思いつつ、高藤エミリの演技に素直に拍手をしていた。

※

有馬かなは、他の参加者たちと共に客席から演技を見守っていた。

一般的に、参加者が他の参加者の演技を見られる形式のオーディションはそう多くはない。だが虹野修吾のオーディションは違った。あえて参加者同士に互いの演技を見せ合うことで、刺激し合う関係を作りたかったのかもしれない。

実際、今の高藤エミリの演技は、他の参加者たちに強烈な印象を与えたようだ。

「すごーい！　さすがエミリちゃん！」

「素敵なダンス！」

「ああいう風にやればいいんだ！　私も真似しよっかなぁ」

かなの近くに座る参加者の女の子たちが、キャッキャと目を輝かせている。高藤エミリにすっかり魅せられてしまったようだ。

たしかに彼女は、かなの目から見ても華のある子だとは思う。ダンスもそれなりに見事だった。『空気』役を風の流れで表現するのも悪くはない発想だろう。

だけど、あれを真似しようとは思わない。

そもそも、これはオーディションなのだ。前の参加者と似たような演技をやったところで、それは審査員の評価には繋がらない。自分の首を絞めるだけだろう。

加えて、かな自身がエミリの演技に魅力を感じていないというのもある。

一生懸命に『空気』という言葉を解釈しようとしたのは伝わるが、それだけだ。エミリは舞台全体のことを考えていない。あの流れる風の演技は、補助役の「夫」「妻」の演技と、まるで嚙み合っていないのである。一方でダンスをして、一方で口げんかをする。そのちぐはぐさは、かなの求める演劇ではなかった。

自分なら、違う演技で勝負する――。ここで見ている参加者のうち何人が、かなと同じ考えを抱いているだろうか。

かなはふと、黒川あかねの方に目を向けた。

彼女もまた、ステージのエミリの方をじっと見つめていた。しかし、よくよく見ればその目はエミリに焦点が合っているわけではない。

というか、あかねはなにも見ていないようだった。能面のように感情の起伏のない表情で、一心に何事かをブツブツと口の中で呟いているのである。

この子……ずいぶんと深く入りこんでいる――。かなには、あかねの状態がすぐにわかった。役者の中には、演技の前にああやって精神統一をする者もいる。自分の心を舞台の世界に染め、現実の自分と完全に切り離す作業。

傍(はた)から見ているだけでも、今のあかねは深く集中していることが伝わってくる。もしかしたら頬(ほお)をつねっても気づかないのではないだろうか。ただの大人しそうな子だと思っていたけれど、あの顔を見る限り、役者とは何かを知っているのかもしれない。

「それじゃ、お手並み拝見ってとこね」

かなは黒川あかねの表情を見つめながら、腕を組んだ。上から目線の感覚になるのは、「自分の方が、キャリアも才能も上」という絶対の自信があったから。

このときのかなは、まだ知らなかったのだ。この後の人生において、あの内気そうな少女が、自分の最大のライバルとして立ちふさがる存在になるであろうということを。

※

姫川大輝は、正直退屈だった。

舞台袖へと下がる高藤エミリを薄目で見送りつつ、ため息をつく。果たして、この先、彼女を超えるような参加者は現れるだろうか。いや、現れてくれなければ困る。せっかくこうして、休日を潰して審査員なんぞをやっているのだから。

見れば、高藤エミリと入れ替わりに、三番手の子が舞台袖から出てくるところだった。

進行役のスタッフの女性が、その三番手の少女に告げた。

「黒川あかねさん、お願いします」

黒川あかねと呼ばれた少女は、こくりと頷き、ステージへと上がった。

彼女は、細身ですらりとしたスタイルの女の子だった。長い黒髪に、切れ長の眼差し。身なりと姿勢から隠しきれない育ちの良さがにじみ、どことなく知的な感じがする。決して派手さはないけれど、磨けば光るタイプ。母親は美人そうだな――。大輝はそこまで考え、つい自分が合コン感覚で彼女を品定めしていることに気づいた。魅力を感じる女性を前にすると、すぐそういうことを考えてしまう。死んだ親父譲りの悪癖だと自嘲する。

その黒川あかねは、三沢淳一と中村菜々子に向けて、ぺこりと軽く頭を下げた。若干表情が硬いのは、緊張しているせいかもしれない。そういう姿は、なんとなく微笑ましい。

一方、隣の虹野は、真剣な表情で黒川あかねの姿を注視していた。

「あの子はね、私のお気に入りの児童劇団の子なんですよ」

「虹野さんのお気に入りですか」

「丁寧に子役を育ててるところでね。劇団あじさいってところなんですけど」

大輝は「へえ」と頷いた。

虹野はお気に入りだと言っているが、果たしてどうだろうか。せめて先ほどの高藤エミリよりは、面白い演技を見せてくれるといいのだが。

大輝がそんなことを考えているうちに、ステージの方では演じる準備が整ったようだ。

「妻」役の中村菜々子が、腰に手を当てて「夫」の三沢淳一を睨みつけている。

「『ねえ、どうしてなの⁉　どうしていつも帰りがこんなに遅いの⁉』」

台本の通りであれば、ここでソファーに座った「夫」が言い訳をする流れになる。

しかし次の瞬間口を開いていたのは、中村菜々子の隣に立つ黒川あかねだった。


「『――きっとまた、あの女のところに行っていたんでしょ』」


大輝は、「ん？」と眉をひそめた。「空気」役の台詞は本来台本にはない。そうなるとこれは、黒川あかねが独自に追加したアドリブの台詞ということになる。

黒川あかねは、中村菜々子の脇で、彼女とまったく同じように腰に手を当てていた。

「夫」に対し、非難がましい目を向けているのも同じだ。

黒川あかねは、鏡のように「妻」の真似をしているようだ。彼女はいったい、なにをやっているのだろう。

大輝が疑問に思って見ている先で、「夫」である三沢淳一が次の台詞を口にした。自身の帰宅が遅れたことについて、「妻」に言い訳をするシーンである。

「『仕事が忙しかったんだよ。そんなに怒らないでくれ』」

「『――まったく、また始まった。これだから女ってのは面倒くさい』」

黒川あかねは、三沢淳一の背後に移動し、呆(あき)れたように肩をすくめている。またしても台本にないアドリブ。今度はまるで「夫」の内心を代弁しているようだった。

再び黒川あかねは「妻」の背後に移動する。

「『いつもそうやって仕事を言い訳にして！　どうせ私に全部家事を押し付けて、他の女のところに行ってるんでしょう⁉』」

「『――そうよ。絶対そうに決まってる。だって、背広から気色悪い匂いがするもの』」

黒川あかねは、「妻」の後ろから、訝(いぶか)しむような視線で「夫」を見つめていた。その顔は、夫の浮気を疑う妻そのものである。

なるほど、と大輝は納得する。黒川あかねは、「夫」と「妻」それぞれの心情描写を行っているのだ。例えるなら、台詞だけの台本に、小説のような地の文を追加しているようなものである。

虹野も「いやいや、これは素晴らしい」と笑っていた。

「先ほど私は、今回の課題に答えはない、と言いましたが……実はですね、これは事前に、私が想定していた模範解答のひとつなんですよ」

「模範解答?」

「私の中では、『空気』とはすなわち場の雰囲気だと定義していました。そして場の雰囲気とは、その場にいる者たちの心理状態の集合です」

大輝は「ええっと」と首を傾げた。

「難しいことはよくわかんないですけど……。要するに、その場の皆が楽しいと思っていれば、場の空気は楽しくなる、とかそういう話ですか?」

虹野は「そうです、そうです」と大きく頷いた。

「『口論』という場の空気を、演技として表現する。あの黒川あかねさんのやっていることは、まさしくそういった『空気』の顕在化(けんざいか)に他ならない」

「それはまあ、たしかに」

大輝は眼鏡を押し上げ、ステージ上の黒川あかねを見た。彼女は「妻」と「夫」の攻勢が入れ替わるたびに、それぞれの内心を補足説明していた。

「あの子は今、怒っている夫婦の精神状態を、そのままダイレクトに表現してますもんね。あれが『空気』か」

「とはいえ、夫婦の内面をどちらも演じるとは思いもよりませんでした。できてどちらか片方だけだと思っていたのですが」

虹野は感心した様子で、黒川あかねの演技を見つめていた。

「まさか、その両者を同時にやってのける子が出てくるとは」

嬉しい誤算です――と虹野は言う。

さすが、虹野お気に入りの児童劇団の一員というだけのことはある。あの黒川あかねという少女、この演出に思い至った閃きもさすがだが、演技力もなかなかのものだ。「夫」の三沢と「妻」の中村との呼吸の合わせ方も、今日初めて共演したとはまるで思えない。

大輝は、背中にゾクゾクとした興奮が立ちのぼってくるのを感じていた。

あの子、スゲーな。

黒川あかねは、この『口論』の舞台を、非常にわかりやすく嚙み砕く存在となっていた。台詞を叫ぶ「夫」や「妻」も、どことなく楽しそうに見えるから不思議である。

「『俺だって、色々付き合いがあるんだ！　少しは理解してくれよ！』」

そうやって「夫」が声を荒らげれば、黒川あかねもすかさず激高の表情を作る。

「『――キャバクラ接待なんて、俺だって行きたくて行ってるんじゃない。それがなんでわからないんだ。これだから専業主婦ってやつは！』」

怒りを露にする黒川あかねの姿は、まるで「夫」と瓜二つである。その微妙な眉の吊り上げ具合も、首の傾け方も、少し低音な声のトーンも、完全に同じだった。本来は年齢も性別もまったく違うはずなのに、同じ人物が隣に立っているようにも見える。

「なるほど」大輝は呟いた。「あの子がスゲーのは、観察力と再現力なのかもな。目の前にいる役者の表情や身振りを、一瞬で完コピして表現してる。芝居だって毎回ニュアンスが違うのに。俺にはできないやつですね」

「姫川くんとはまた違うタイプですね」舞台を見つめながら、虹野が呟いた。「観察と再現。姫川くんの言う通り、それが黒川あかねさんの才能なのでしょう。大人ならまだしも、あの歳(とし)であんな精度、中々できることじゃありませんよ」

視線の先では、「夫」と「妻」、そしてそれぞれの内面を表現する「空気」が、奇妙な舞台を作り上げていた。ただの夫婦げんかのシーンなのに、その独特の世界からは、どうしても目を離せなくなってしまう。

なかなかのダークホースだ。今日はここまでの才能に出会えるとは思わなかった。大輝は、思わず頬を緩めた。

※

有馬かなは、舞台上の黒川あかねの姿に衝撃を受けた。

なによ、あれ。

私と同い年の役者で、あんなことができる子がいて、まだ表に出てきてなかったの？

嫌な汗が出る。心臓が、ばくんばくんと高鳴っている。焦りのような、悔しさのような嫌な感情が、身体の底の方からじわじわと湧き出てくる。

呆気に取られていたのは、かなだけではない。劇場内に控えるスタッフも、他の参加者たちも——あの高藤エミリでさえも、黒川あかねの熱演に目を奪われていた。

「『夫』と『妻』を、ひとりで完全に演じ分けてる……！」

役者の役割とは、突き詰めれば〝いかに観客の視線を舞台に釘付けにするか〟というところにある。少なくともかなはそう思っている。

あの黒川あかねという少女には、間違いなくその力が感じられた。決して自身が悪目立ちすることなく、自然に「夫」や「妻」と調和しているのである。

頭の中で、警鐘が鳴り響く。黒川あかねは危険な存在だと、本能が訴えかけてきている。

あの子は見た目も地味だし、目立つ性格でもないから、これまで世に出ることがなかったのかもしれない。子役にはよくある話だ。

もちろんまだまだ粗はある。自分が実力で負けてるなんて微塵も思わない。

しかし黒川あかねは、間違いなく天才の器だった。いままであんな子はいなかった。手を伸ばせば自分の喉元に爪が届く距離に同年代の役者がいたことなどなかった。

この子に負けるのは嫌だ。

胸の奥深くから、そんな気持ちがふつふつと湧き上がってくる。誰のためでもなく、自分のために、黒川あかねには絶対に負けられないと思った。

しかし生半可な演技では、あの子の演技を超えることはできない――。かなは改めて、覚悟を決める。自分の百パーセントを出して、挑まなければ。

※

一方、黒川あかねは、舞台上で『空気』を演じることにひたすら夢中だった。あまりにも無我夢中で、客席の反応すら気づいていなかったくらいである。

「夫」が怒れば、あかねも怒る。「妻」が泣けば、あかねも泣く。彼らの内心を表現するために、あかねは舞台上を所狭しと動き回っている。

あかねの考える「空気」とは、「舞台上の雰囲気」だ。

しかしそのアイディアは、あかね独自の発想というわけではなかった。あかねの頭の中には、何年か前に読んだ演劇雑誌のコラムがあったのだ。

コラムの著者は、誰あろう虹野修吾である。

そのコラムのタイトルは、「舞台の空気を操る役者」というものだった。


――演出家として数十年にわたり数多くの舞台に携(たずさ)わってきた私が、最も感動する瞬間は、舞台上の空気を自在に操る役者に出会ったときだ。彼らは単なる台詞を超えて、まるで魔法のように観客を惹きつけ、物語の世界へ引き込む力を持つ。

まず、舞台上の空気を操る役者とは、単に台詞を上手く言えるだけの役者ではない。完全に役に入り込むことができる役者でなければならないのだ。演技ではなく、役そのものとして存在することで、観客はその真実味を感じ取る。役者の息遣い、視線の動き、一瞬の表情変化、それらすべてが舞台の空気を形作る要素となる。

さらに、共演者との呼吸も重要だ。舞台は一人では成り立たず、共演者と見えない糸で結ばれている。共演者の動きや台詞に応じて、自分の演技を柔軟に変えることで、より一層舞台の空気が生き生きとしてくる。

その瞬間こそが、舞台芸術の醍醐味(だいごみ)である。

基本的に黒川あかねは、読んだ活字の内容を忘れることはない。いつか読んだ虹野さんのコラムも、しっかりあかねの頭の中に残っていた。あのコラムの中で虹野さんは、舞台全体の持つ雰囲気のことを「空気」と呼んでいたのである。

であればきっと今回のオーディション内容も、舞台の雰囲気を表現するものになるだろう。あかねはそう考察した。

共演者である「夫」と「妻」、それぞれの役柄の心情を、台詞と動作でより深く表現する。あかねにとって演じることとは、誰かの仮面をかぶること——つまり、〝真似っこ〟である。〝真似っこ〟が得意なあかねには、これがもっとも冴えたやり方だったというわけだ。

あかねは「妻」の後ろに立ち、彼女の憤(いきどお)りを思うさまに表現する。

「『何度も何度も同じことを繰り返して！　なんでわからないのかしら！』」

両手の拳(こぶし)を強く握り、思い切り地団太を踏む。大げさな怒りのポーズ。きっと「妻」の内心はこのぐらい怒りに震えているだろうということを、あかねなりに表現するのだ。

なんだか楽しいな、とあかねは思っていた。一流の役者さんたちと呼吸を合わせて演じることが、こんなにも楽しいことだとは思わなかった。

舞台に上がるその瞬間までは、「失敗したらどうしよう」とずっと考えていた。しかし、今ではそんなことはもはやどうでもよくなっていた。

誰かの仮面を被っているかぎり、自分の心の弱さに怯える必要はなくなる。

そうだった。久しく忘れていたが、昔からあかねにとって〝真似っこ〟は、なによりも楽しいひとときだったのだ。

もしかして劇団あじさいの岡村さんも、あかねがこういう気持ちになることを最初から見越していたのかもしれない。あかねのスランプを解消するために、あえてこのオーディションに送りこんでくれた――というのは考え過ぎだろうか。

結果はどうあれ、今は最後までこの舞台を楽しもう。

あかねはただそれだけを考えて、「夫」と「妻」の織りなす「空気」になりきっていた。

※

姫川大輝は、「ねえ虹野さん」と小さな声で隣の席に話しかけた。

「あの子って、これまでどんな活躍をしてきたんです？」

「いえ、これといって大きな仕事はないようですよ」虹野が答えた。「あじさいの公演に出演していたほかは、ドラマの端役に数回起用された程度です」

大輝は「そりゃもったいないな」と顔をしかめた。

「あんなに才能に溢れた子なのに、埋もれてたなんて」

「誰も発掘しないからでしょう。特に子役の世界じゃよくあることです。メディアは、隠れた才能を持つ天才より、わかりやすく目立つ凡人の方を使いたがるものですから」

「だからこそ、虹野さんみたいな変人が主催するオーディションが必要なわけだ」

「まあ、そういうことです」

変人は余計ですけどね――と、虹野は柔らかい笑みを浮かべた。

ステージ上では、『口論』が佳境に差し掛かっていた。「夫」役の三沢淳一が、呆れたような顔で「妻」を見つめている。

「『じゃあ、別れた方がいいのか?』」

「『本気で言ってるの?』」

黒川あかねは、睨み合う夫婦の中間に立っていた。腕を組みつつ「夫」と「妻」の顔を交互に見る。そして不遜な顔で、「『ふん』」と鼻を鳴らした。

「『――どうせ、ひとりじゃなにもできないくせに』」

それは「夫」と「妻」、両者の心境の代弁だった。

この夫婦は互いに激しい口論をしつつも、本質は一緒だった。双方、「自分がいなければ相手はなにもできない。相手は自分を必要としている」と侮っている。要するに、これは似たもの同士の夫婦げんかである――。それが、黒川あかねの解釈だった。

彼女はそれを「空気」という立場から表現することで、この舞台に明確なオチをつけてみせたわけである。

大輝は思わず、「ひゅう」と感嘆の口笛を鳴らした。

「いや、面白かった」

「ええ、予想以上でした」

虹野は、満足げな笑みを浮かべてパチパチと手を叩いていた。

ステージ上では、黒川あかねがペコリと丁寧に頭を下げている。いまさら緊張しているのか、すっかり顔が紅潮していた。

ああしているところを見ると、少し恥ずかしがり屋の女の子にしか見えない。

それが、あそこまで卓越した演技の才能を持っているなんて、誰も思わないだろう。人は見かけによらないな、と思う。

「んじゃ、あの黒川って子で決まりってことで」

大輝が言うと、虹野は「まあまあ」と苦笑した。

「全員の演技を見てから判断しても、遅くはありませんよ。それにね、さっき言った面白い子の出番は、まだこれからですから」

「ああ、あれって黒川って子のことじゃなかったんだ」

虹野が太鼓判を押す参加者は、これから舞台に上がる予定らしい。素直に楽しみだ。

今の黒川あかねの演技を超えるパフォーマンスは、正直難しいだろう。そもそも大輝自身、同じ課題を出されたとき、どうアプローチしていいか悩んでいるくらいなのだ。

「あれ以上の演技って相当ハードル高いよな。ほんとにやれたらマジでスゲーけど」

虹野の言う面白い子とやらは、どういう演技をしてくるのか。大輝は動かない表情の下で、期待感を躍(おど)らせていた。

※

ホール全体に、弾けるような拍手が鳴り響いていた。

黒川あかねは当初、その拍手が自分への賞賛を示すものだとすぐには気づかなかった。

舞台の世界から戻ってきたばかりで、ぼんやりとしていたせいもある。怒られるんじゃないか、自分はなにか悪いことでもしてしまったのではないかと、一瞬、恐縮してしまった。

あかねはそそくさとステージを下り、観客席の後ろの方へと向かった。オーディション参加者たちの席になっている場所だ。

席に戻ると、周りの空気が変わっているように思えた。高藤エミリも鈴見リコも、みな驚いたような顔であかねを見ている。

「正直、驚いた」

そう呟いたのは、かなちゃんだった。彼女はあかねをちらりと横目で見ながら、表情も変えずに続ける。

「ただの地味な子だと思ってたけど、アンタ、ちゃんと芝居ができるのね」

「あ、う、うん。ありが――」

あかねが感謝の言葉を述べるよりも一瞬早く、かなちゃんが「でも」と口を開いていた。

「負けられないから、悪いけど」

「え?」

「このオーディションは、絶対に譲れない。勝つのは私よ」

かなちゃんにそう告げられ、あかねは呆然とした。まるで宣戦布告だ。あかねはもうなにも言えず、固まることしかできなかった。

かなちゃんに敵だと認定されてしまったのだろうか。あかねは、ごくりと生唾を呑んだ。

※

それからの小一時間は、姫川大輝にとってはまたしても暇な時間になってしまった。

黒川あかねの後、参加者の演技は凡庸なものが続いていた。

最初の参加者同様、黙り込んでなにもしなかった子や、どうしていいかわからずすぐに舞台を下りてしまった子もいる。高藤エミリの『空気』ダンスをパクって、そのまま演じようとした子もいた。

大輝としては「まあこんなもんか」という印象だった。黒川あかねが突出していたというだけで、この年代の役者のレベルとしてはこのくらいが平均的なのだろう。だいたい、虹野の課題が難しすぎるのが問題なのだ。

まあ、七人目の鈴見リコはある意味面白かった。開幕「私は空気です!」などと大声で自己紹介をし始めて、共演者やスタッフの笑いを誘っていたのである。その演技プランの良し悪しはともかく、観客の意表をついた行動で目立とうというコンセプトは、大輝も嫌いではなかった。

大輝は、片手の中の缶コーラをグイッとあおった。オーディション合間の休憩時間に、虹野修吾が買ってくれたものである。

炭酸が抜けつつあるコーラは、なんとも微妙な味わいだ。この舞台にとってもコーラにとっても、「空気」は重要な役どころというわけだ。

大輝がそんなことを考えているうちに、オーディションは八人目を迎えた。本日最後の参加者である。

「それでは次の方、お願いします」

スタッフに呼ばれ、「はい」と返事が響く。舞台に上がったのは、大輝にも見覚えがある子だった。ボブカットにベレー帽。フェミニンなワンピースに身を包んだ小柄な少女である。

「あれ、あの子ってたしか……」

「有馬かなさんです」虹野が答えた。「少し前に一世を風靡(ふうび)した、天才子役ですよ。姫川くんもご存じでしょう?」

大輝も「ああ、それそれ」と頷いた。

「最近この界隈(かいわい)で全然姿を見ないと思ってたけど、まだ演劇やってたんだ」

「ええ、そのようです」

「もしかしてあれが、虹野さんの推し?」

虹野は「ふふっ」と含み笑いを浮かべた。「そうですよ。あの子です」

「意外っすね。子役としての旬も過ぎて、もう世間じゃ誰もあの子を評価してないと思いますけど」

「だからこそ面白いんですよ」虹野は楽しげに有馬かなを見つめている。「キャリアを失いかけて、ようやく心に火がついた天才子役……背水の陣に陥った彼女がどんな演技を見せてくれるのか、楽しみじゃありませんか？」

虹野曰く、どうやらあの有馬かなは、このオーディションを受けるために土下座までしてみせたらしい。

それは大輝にとって、新鮮な驚きだった。詳しい事情は知らないが、あの有馬かなという少女、巷で聞く悪評とは違って、ずいぶん殊勝ではないか。

「精神的にギリギリまで追い詰められた経験のある人間は、ときに、驚くほど味のある演技を見せることがあります。姫川くんも、それはご存じでしょう？」

虹野に問われ、大輝は、「そうっすね」と頷いた。

大輝自身もまさにそうだった。かつて、両親の心中という負の出来事によって強い精神的ダメージを負ったことがある。その記憶は決して心の中から拭い去れないものだ。

しかし、だからこそ大輝は、舞台の上でその記憶を利用することができた。ギリギリまで追いつめられた精神状態を知っているからこそ、それを再現できる。〝人間の仄暗さを表現できる少年〟――メディアにそう表現されたこともある。

この歳で姫川大輝が注目されているのは、幸か不幸か、そういう悲劇を乗り越えたからなのだろう。

「もしかしたら有馬かなも、色々抱えちまってんのかもな」

大輝は缶コーラを足元に置き、舞台を注視した。

追い詰められた天才子役がなにを見せてくれるのか。たしかにそれは、大輝にも気になるところだ。

当の有馬かなは、不安げな面持ちでステージの真ん中に腰を下ろした。「夫」役の三沢淳一と、「妻」役の中村菜々子を、間から見上げるような姿勢である。どうやら彼女は、その位置から演技を始めるつもりらしい。

スタッフが演技開始の合図をする。八度目の『口論』が始まった。

「『ねえ、どうしてなの⁉　どうしていつも帰りがこんなに遅いの⁉』」

「『仕事が忙しかったんだよ。そんなに怒らないでくれ』」

これまで同様、「夫」と「妻」が言い争いを始める。三沢淳一も中村菜々子もさすが手慣れたもので、八度目の繰り返しの舞台となっても、まったく演技に陰りを見せない。最初と同様の刺々しいテンションで口論を進行させている。

ただひとつ、これまでの七回と決定的に違うのは、舞台上に有馬かながいることだった。

彼女はおずおずとした調子で、夫婦の口論の間に口を挟んだのである。

「『パパ？　ママ？　どうしていつも怖い顔してるの？』」

思わず大輝は息を吞んだ。有馬かなが声を発した瞬間、これまでの『口論』とは違う緊張感が、舞台を包みこんだ印象である。

「『怖いよ……。けんかはやめてよ……』」

か弱く、たどたどしい口調だった。有馬かなが演じようとしているのは、どうやら「夫」と「妻」の「子ども」というところだろうか。

大輝は、「ふむ」と両腕を組んだ。

いったい有馬かなは、なにをしようとしているのだろうか。参加者たちは「空気」を演じるのではなかったのか。大輝の頭の中で疑問が膨らむ。

「『今夜は、せっかくパパが寝る前に帰ってきたんだよ。仲良くしようよ』」

有馬かなが、痛切な声色(こわいろ)で「夫」と「妻」に訴えかける。

しかし中村菜々子演じる「妻」は、有馬かなの方には目もくれず、金切り声を上げるだけだった。

「『いつもそうやって仕事を言い訳にして！　どうせ私に全部家事を押し付けて、他の女のところに行ってるんでしょう⁉』」

「『違うよ。他の女なんかじゃない。言いがかりはよしてくれ』」

もちろん三沢淳一も、有馬かなにはなにも答えない。

彼らからのリアクションがないのは当然である。有馬かなの演じている「子ども」など、台本(ホン)には書かれていないからだ。

三沢淳一も中村菜々子も、プロとして台本に忠実に演じている。アドリブで対応しないのも、オーディションに公平を期すためだろう。

有馬かなもそれは当然わかっているはずだった。しかし、彼女はそれをまったく気にしてはいないようだ。「夫」と「妻」からなんの返事もないにもかかわらず、なおも子どもの演技を続けている。

「『パパ、ママ。話を聞いてよ。けんかはダメだよ』」

有馬かなは、「夫」と「妻」のふたりの間に割って入った。しかし、どちらの役者も彼女を見ていない。台本のト書きに書かれている通り、夫婦はお互いだけを睨みつけている。

それはまるで有馬かなの演じる「子ども」が、ふたりからまったく無視されているような構図に思える。

隣に座っていた虹野が「ああ、なるほどなあ」と顎に手をやった。興味深げに、舞台上の有馬かなを見つめている。

「彼女が、こういう方向性で来るのは想定外でしたね」

「こういう方向性って、どういう方向性なんですか」

「有馬かなさんは『空気』を、『その場にいないも同然の存在』として解釈したようです」

「いないも同然の存在、ですか」

たしかに、「空気」という言葉をそういう意味で使うことがある。「あいつは空気だから」とか、「今日は空気に徹するわ」とか。いなくてもいいやつ。どうでもいいやつ。そういう意味での「空気」だ。

たしかに夫婦から完全に無視されている子供の姿は、まさにその「空気」かもしれない。

大輝は頷きながら、有馬かなの演技を見守ることにした。

彼女は激高する「夫」と「妻」を見上げながら、おろおろと狼狽えている。夫婦げんかを前にして、どうすることもできない無力な子ども——「空気」として扱われる子どもを表現しているようだった。

隣の虹野も、それから他のスタッフたちも、有馬かなの演じる「空気（子ども）」の姿にすっかり見入っている。これまでとは違う新鮮な台本解釈に、誰もが夢中にさせられていた。

この惹きつけられる、目を離せない感覚はなんだろう。

ひとえに、それは芝居の強度だった。

長年の経験。努力の量。考え続けてきた芝居の哲学が、彼女の芝居に重みを与えていた。

所作のリアルさからくる共感。ざわりとする動きの緩急。極端に大きな動きが人の心に楔（くさび）を打ち、セリフが無防備に心の深い所に侵食してくる。それらは黒川あかねがまだ持ち合わせていないスキル。

それを人は実力と呼ぶ。

思えば、『空気として扱われる子供』というアイディアは新鮮だっただろうか？

解釈の角度でいえば黒川あかねのそれには及ばない。なんなら、それほど新鮮なアイディアではなく、たまたま今までの役者が選ばなかったプランともいえる。

だが、彼女はそれを『新鮮』だと思わせた。

冷静になればありふれたアイディアだと思うはずのものを、今この時は「それしかない」「なぜ誰もやらなかったのか」と思わせた。

作品というのは往々にしてそういうことがある。革命的なアイディアと呼ばれるものの多くは、冷静に考えれば誰もが思いつくベターなアイディアでしかない。そのベターなアイディアに乗った何かが、ベターをベストに変える。

有馬かなの芝居が、ベターなアイディアをベストに変えているように。

不思議なもんだ、と大輝は思う。舞台の上の有馬かなは、両親に無視される「空気」でありながら、会場じゅうが無視することのできない存在となっている。

「やるじゃん、天才子役」

大輝も背を正し、観劇に集中する。黒川あかねのときと同じような興奮が、ゾクゾクと背中を駆け上がってくるのを感じていた。

※

「かなちゃん……」

かなちゃん！

黒川あかねの瞳は、外から見れば信者のそれだったかもしれない。

すごいすごい！　なんでこんなに目を離せない芝居ができるんだろう！　一秒たりとも退屈できない！　すべての間にぎっしり意味が詰まってる様に感じる！　完全に三沢さんと中村さんを喰っちゃってる‼　やっぱりかなちゃんは――‼

いくらかなの性格を知り、傷ついたとはいえ、あかねは正真正銘の厄介ファンである。かなの本気の芝居を見て、興奮しないというのは無理があった。

しかし、今はオーディションの最中であることに気づいて咳払いをひとつ。重ねて深呼吸をふたつ。舞台に立つときのように精神を自分から切り離す。

いくぶんか冷静を取り戻したのを確認し、役者の目線でかなの芝居を観察する。

「『私ね、今日学校のマラソン、頑張ったんだよ。十位に入ったんだよ。ねえ、聞いてよ……！』」

かなちゃんの演じている「空気」――空気のように無視される子ども――は、とても可哀想な少女に思えた。

どれだけ自分を主張しようとも、「夫」にも「妻」にも見向きもされない。見ているだけで、きゅうっと胸が痛くなる。

「『俺だって、色々付き合いがあるんだ！　少しは理解してくれよ！』」

「『理解？　私がどれだけ我慢してるか、あなたにはわからないのよ！』」

「『じゃあ、どうしろって言うんだよ！』」

三沢淳一が声を荒らげ、同時にかなちゃんはビクっと身を震わせた。顔は真っ青で、目の端には大粒の涙が溜まっている。

ああ、これはヒロインだ――とあかねは思った。もしもこれが本番の舞台だったら、観客が感情移入するのは「夫」でも「妻」でもなく、かなちゃんの方だろう。

昔からそうなのだ。かなちゃんといえば、〝十秒で泣ける天才子役〟。かなちゃんの迫真の演技は「可哀想」とか「助けてあげたい」とか、そういう強い感情を呼び起こすものなのである。

かなちゃんは、やっぱりすごい。あかねは感嘆のため息を漏らしていた。

あかねの好きだった天真爛漫な演技とは違うけれど、これもまたかなちゃんの実力であることには疑いない。

「『……私のこと、キライなの……？　ねえ、パパ、ママ……』」

かなちゃんが、ぽろぽろと大粒の涙をこぼしている。彼女にとっては十八番の「泣き」の演技だ。その小さな頰に、幾筋もの涙の跡を作っている。あかねにとっては、これまでテレビ越しにしか見たことがなかったものだ。

しかし実際にこうしてその「泣き」の演技を目の当たりにして、あかねはふと思った。

――かなちゃんの涙は、本当に芝居なの？

その涙のひと粒が、あまりにも重かった。

床に落ちた生ぬるい涙の飛沫が、自分の足に届いたような錯覚すら覚える。

すごい芝居だと、無邪気に称賛することもできる。やっぱりかなちゃんには敵わないなとファンの目線で尊敬することもできる。

しかし、同じ役者としての立場に立ったとき、その異質さに気づいてしまった。あれは、実体験なしに演じられるものなのだろうか。

あかねの視線は、舞台の上の可哀想な子供でなく、有馬かなという人物そのものに焦点を当てていた。

あれは、有馬かな本人の涙じゃないのか。

あれは演じているのではなく、本当に、泣いているのではないか。かなちゃんを苦しめる何かがあって、表には出せない傷があって、ひび割れた心の隙間（すきま）から、涙が溢れ出ているのではないのか――あかねは有馬かなをまっすぐに見る。

もちろん、かなちゃんの演技力の高さは知っている。かなちゃんなら、本物同然の涙を流すことくらいわけないのかもしれない。

だがどうしてもあかねには、あの涙が偽物だとは思えなかった。

もしかしたら彼女はあの小さな身体（からだ）の内側に、想像もできないほどの傷を抱えてしまっているのではないだろうか。

あかねにはなんだか、そんな風に思えてならなかった。

※

有馬かなは、「『ひっく、ぐすっ』」とすすり上げていた。

「『どうしていつも、パパとママはけんかしちゃうの？　私が悪い子だからなの……？』」

流れる涙を拭いながら、かなはスポットライトの光を見上げていた。

こうしてかなが人前で涙を流すのは、いつぶりになるだろう。半年ぶりか一年ぶりか……。ついこのあいだまでは、〝十秒で泣ける天才子役〟は、舞台上でもカメラの前でも、どこでも引っ張りだこだったはずなのに。

数年前、なにかの舞台挨拶で司会者から尋ねられたことがある。

——どうしてかなちゃんは、そんなに上手に泣けるの？

マイクを向けられたとき、「いつの間にか、自然とできるようになった」と答えたはずだ。司会者や共演者からは、「さすが天才は違うねえ」などと賞賛された記憶がある。

しかし、「自然にできるようになった」という表現は正しくない。

かなは、舞台の上でのみ、自分の気持ちを叫ぶことができた。

かなはただ、舞台の上で素の自分を見せているだけだった。

悲しいという感情を、誰にも咎められることなく、隠すことなく吐き出すことができた。

昔から、かなはプライベートで弱音を吐くことができなかった。もちろんすべてはママのため。ママに喜んでもらうために、どんなに仕事が嫌でも、スケジュールが苦しくても、かなは楽しく仕事に打ちこんでいる姿を見せなければならなかった。

舞台の外で笑う自分は、嘘の自分。

舞台の上で泣く自分が、本当の自分。

かなが本当に自分の感情を出すことを許されているのは、お芝居をしているときだけ。

舞台の上かカメラの前だけが、唯一「いい子」の仮面を外すことができる場所なのだ。

だからかなは芝居が好きだった。夢中になることができた。喜ぶことを許される。泣くことも許される。どんな仕事よりも芝居が好きだった。ずっとこの場所にいたい。現実になんて、帰りたくない。有馬かなにとって芝居の世界は、どこよりも安らぐ居場所だった。

母親に辛く当たられても、笑顔で居続けなきゃいけない世界には。

仕事を失って悔しくても、事務所を追い出されて悲しくても、泣きわめく母親のケアをしなければいけない世界には、帰りたくない。

芝居という嘘の世界は、かながこらえ続けてきた涙を、こぼすことができる唯一の場所だった。

目の前では、「夫」の三沢淳一と「妻」の中村菜々子が、口角泡を飛ばして激しい言い争いを続けていた。

「『話にならないわ！　あなたの言ってること、全然理解できない！』」

「『それはお前が理解しようとしないからだろう！　少しは頭を使え！　頭を！』」

彼らの演技を見ていると、かなはつい自分の両親のけんかを思い出してしまう。

あれはいつだったか、パパが浮気をしたとかなんとかで、ママが激しくパパをなじっていたことがあったのだ。

しかし実際のところ、あれはパパだけが悪かったのだろうか。かなには疑いの余地があった。パパにもまた、ママから離れたくなる理由があったのではないか。そう思えてならないのである。

当時のママは、かなが子役で稼いだお金を湯水のごとく使っていた。高級化粧品を買ったり、旅行に行ったり、クラブ通いも楽しんでいたらしい。芸能人気取りで派手に暮らすママの姿に、パパは呆れていた。

かな自身は別に、ママがお金を使うことに悪い気分はしていなかった。むしろ、かなが頑張って稼いだお金でママが喜んでくれるなら、それはそれでよかった。

しかし、そんなかなの態度が、パパの怒りをより一層激しくさせていたようだった。

――かなの優しさにつけこんで、お前はいったいなにをやっているんだ、と。

もちろん、ママは言い返す。ママは叱られるのが一番キライなことだから。

――私は、かなが芸能界でやっていけるようにいつも面倒を見ているの！　あなたに芸能界の何がわかるの？　どれもこれも、周りに舐められないように必要な投資なんだから！　そんな私がかなが稼いできたお金を使ってなにが悪いの⁉　かなの格を下げたいの？　何もしないあなたが口出すことじゃない！

そんな調子で、口汚い罵り合いが始まったのだ。

あのとき、かなは必死に無関係を装おうとしていた。自分が今演じている「子ども」の反応とは違う。ふたりが罵り合う声を聞かないように、そっとリビングから逃げたのだ。

有馬かなにとってリビングとは、温かな食事を囲む場所ではない。家族が互いに傷つけ合う地獄の象徴だった。

あのままリビングにいれば、かなはどっちの味方なの？　と詰められていただろう。

もしもあの場でかなが泣いたら、ますます両親を困らせることになっていただろう。それがわかっていたから、逃げ出したのだ。

結果的にそのときのかなの選択が良いことだったのか、悪いことだったのか。それはわからない。

結局パパはその後、家を出て行ってしまった。そしてママは、かなの仕事にますます口を出してくるようになった。それだけのことだった。

パパがいなくなってしまったのは寂しいことだったけれど、それはパパとママの問題だ。

あのときの自分は「空気」同然に、いないものとして扱われていた。

かなは目の前の「夫」と「妻」に向けて、声を張り上げた。

「『パパ、ママ……！　ねえ、私を見て！　お願いだから、私を見てよぉぉっ……！』」

それは、両親がけんかしていたあの日、自分が叫びたかった言葉だったのかもしれない。

心に溜まった澱（おり）を、とめどなく吐き出す。尽きることなく。

いいなあ――とかなは内心ため息をつく。

親に対して自分の感情を好きなように表現できるって、本当に素晴らしいことだ。自分には絶対にできないことだから。

それを思うと、ますます涙がこぼれてしまう。

※

有馬かなの流した涙は、姫川大輝の心をも少なからず揺さぶっていた。ぞわりと鳥肌が立つ。彼女の演じる「空気（子ども）」の悲しみが、心臓を締め付けてくるのである。

最近業界では干されていたと聞いているが、それはあまりにももったいないことだ。あんな演技ができる人間は、ラライにもそう多くはない。

ステージ上での有馬かなの演技は、ほぼ終盤に差し掛かっている。彼女の演技をもっと見ていたいと思っているのは、大輝だけではない。

「これまでの七人とは毛色が全然違いますね。有馬かなは完全に異質だ」

　虹野は「ええ」と頷いた。

「黒川あかねさんを含め、これまでの参加者の皆さんは、『夫』『妻』の口論を舞台のメインとして捉えていました。そこに『空気』役である参加者自身が、どう関わっていくかを探っていたように思います」

　私自身もそういう演技を想定していたんですがね――と、虹野は続ける。

「しかし、この有馬かなさんのアプローチは真逆です。『空気』役としての自分の存在感を最大限に目立たせるために、『夫』『妻』の口論を利用している。この舞台を支配しているのは、完全に彼女です」

「そういうところは、さすが腐っても天才子役ってことっすかね」

「案外、腐ってはいなかったということなんでしょう。あの目の輝きは、本物の女優だ」

　たしかにそうかもしれない、と大輝は思う。劇場内に控えているスタッフたちも、彼女の演技に目が釘付けになっている。

　有馬かなの大きな目は、切り出したばかりの宝石のごとくキラキラと輝いていた。

「『どうして私の話を聞いてくれないの……。パパ、ママ……』」

　有馬かなは「『うっうっうっ……』」と嗚咽をこぼし続けていた。

　いくら〝十秒で泣ける天才子役〟といっても、ここまで真に迫るような泣きを見せてくるとは思わなかった。あれは、演技に相当な感情が乗っていないとできないことだ。

「『けんかは嫌だよぉ……。やめてよぉ……』」

有馬かなが泣くのをよそに、「妻」役の中村菜々子が大声を張り上げた。

「『もうこんな生活、耐えられない！』」

「『じゃあ、別れた方がいいのか？』」

「『本気で言ってるの？』」

そこで徐々にスポットライトが落ち、舞台が終焉へと向かっていく。ホールには、有馬かなが「『ううっ……ぐすっ……』」とすすり泣く声だけが響き渡っていた。

この後もあの子どもの声は、両親に無視され続けるのだろう。それを予感させるような、物悲しい幕切れである。

結局、三沢淳一も中村菜々子も、その演技が終わるまで一切有馬かなに目を向けることはなかった。今回のふたりは、ただの「口げんかする夫婦」ではなく「冷酷なまでに子どもに無関心な両親」を演じ切ったのである。

おそらく三沢淳一や中村菜々子が、有馬かなの演出プランに引っ張りこまれた結果なのだろう。

演劇界隈にはときどき、周囲の共演者を否応なく己の演技に引きこむことのできる者がいる。俗に言えば、カリスマ性というやつだ。

あの天才子役にも、そんなカリスマ性の片鱗を感じる。

大輝はステージを見下ろしながら、大きなため息をついた。

「やべーな、有馬かな」

しばらく役者としての活動は抑え気味だったかと思いきや、その才能はまるで衰えてはいないようだった。ああいう演技は、素直に見ていて楽しい。

虹野も、どこか満足気な表情で大きく頷いている。

「いやはや、難しいことになってきましたね。今回のオーディションは豊作です」

「黒川あかねと有馬かな、ですか」

「ええ。ふたりともいい才能を持っている。甲乙つけがたいところです」

あのふたりの演技は、明らかに突出していた。それは大輝も同意見だった。

「ふたりとも正反対のタイプですもんね。人並み外れた観察力で自分を周囲に適合させていく黒川あかねと、周りを問答無用で自分のフィールドに引きずりこむ有馬かな……。いや、これを見比べられるってのは面白い」

天才と呼ばれる役者のタイプはいくつかあるが、そのうち、〝憑依型(ひょうい)〟〝自己主張型〟と呼ばれるものがある。

憑依型は、舞台の上で完全に役になりきってしまうタイプの役者だ。没入型とも呼ばれる。そういう役者は、自意識をその役の人格に変異させることができるという。彼らは頭で考えて演じているわけではない。役者というハードの上で、役というソフトを自動的に動かしているようなものだ。

大輝が見たところ黒川あかねは、この憑依型の役者だと思われる。

一方、有馬かなは、自己主張型と呼ばれるタイプに分類される。自己主張型の役者は、自分の身のうちにある感情を強く発露させることで、周囲の目を惹きつけることができる。観客のみならず、共演者を含めた舞台すべてを引っ張っていく才能を有しているのだ。当然誰もができることではなく、強烈なスター性が必要とされる。

あのふたりの少女には、それぞれ違ったタイプの才能の萌芽を感じる。どっちも相当の掘り出し物だ――と大輝は嘆息した。できることなら、いつかどこかで共演したいくらいだとさえ思う。

「黒川と有馬。どちらが主役になるかで、舞台の印象も変わるんじゃないですか」

「そうそう。さすが姫川くんだ。おっしゃる通りです」

だから難しいんですよ――と虹野は苦笑する。

虹野曰く、一回のオーディションでここまで際立った才能に巡り合えるのは、そうそうないことらしい。

「もちろん、彼女たちふたりだけじゃない。高藤エミリさんや鈴見リコさんも、際立った演技をしてくれました。誰を選んでも、面白い舞台が作り上げられると思いますよ」

「こういうの、選ぶ方にとっては嬉しい悲鳴っていうんですかね」

「そうですね。実に難しい」

虹野は「さてどうしたものでしょう」と顎を撫でている。真剣に悩んでいるわけではなく、その顔はどこか楽しそうだ。

その気持ちは、大輝にもよくわかる。これだけ才能が揃っているのだ。たった一回のオーディションで判断するのはもったいない気がする。

「ああ、それならひとつ、俺に考えがあるんですけど」

大輝は虹野に、ふと思いついたことを告げた。ちょっとしたフラッシュアイディアだが、そう悪くはないと思う。

虹野も「へえ」と興味深く話を聞いてくれている。

「それは……なかなか良さそうだ」

どうやら彼の中では即採用になったらしい。「ぜひその路線で行ってみましょう」と、笑みを浮かべる虹野に、大輝も「話が早いっすね」と笑みを返した。

こそこそと客席で密談を交わし合う自分たちは、外からはまるで悪だくみをする悪戯小僧のように見えているかもしれない。実際、大輝にとってこれは、あのふたりに対する悪戯であることは確かなのである。

果たしてこの悪戯が、黒川あかねと有馬かなにとって、チャンスとなるか試練となるか。それは大輝にもわからなかった。

わからないからこそ、面白いのだ。

※

かなちゃんが舞台での演技を終え、客席に戻ってくる。

黒川あかねは、ついついその顔を覗きこんでいた。さっきの「泣き」の演技があまりに迫真すぎて、心配になってしまったのだ。

舞台で泣きはらしたせいか、かなちゃんの目はウサギみたいに真っ赤になっている。しかし、表情には悲しみの色は見えない。少しリラックスしたような面持ちで、自分の席についている。

やはり、自分の勘違いだったのだろうか。かなちゃんの様子は、別にさっきと変わらないようにも思える。

あかねがまじまじと顔を覗きこんでいると、当のかなちゃんが眉をひそめた。

「なによ。なんか用」

あかねは「あ」と口ごもる。さっきの涙は本当に演技だったの、なんてことを聞くわけにもいかない。だいたい、あかねはかなちゃんに嫌われているのである。

どう答えよう――あかねが逡巡していたところで、スタッフの女性が近づいてきた。

「オーディションの結果が決まりましたので、皆様にお伝えいたします」

控室の中が、にわかにざわついた。高藤エミリさんと鈴見リコさんが「嘘でしょ」「もう?」と顔を見合わせている。

あかねも、こんなに早く結果が決まるとは思っていなかった。なにしろ、八人目の演技が終わって、十分と経っていないのだ。あと小一時間くらいは待たされると思っていた。

なのにこれからすぐ発表とは、即断即決にもほどがある。よほどわかりやすい審査だったということなのだろうか。

「それではこれから、本オーディション合格者の名前を発表いたします」

スタッフの女性が、そこで一拍置いた。

周囲からは、ごくりと生唾を飲みこむ音が聞こえてくる。皆、自分の名前が呼ばれますようにと願っているのだろう。

その気持ちはよくわかる。このオーディションに来たのは半分自分の意思ではなかったけれど、あれだけ頑張って演技をしてみせたのだ。それが、少しでも評価されたらいいなと思う気持ちはある。

スタッフは参加者たちの顔を見回し、はっきりとよく通る声で告げた。

「高藤エミリさん」

その名が告げられ、控室にはざわめきが起こった。「やっぱり」「さすが」と呟く声も聞こえてくる。

当のエミリさん本人は、「このくらい当然」というような顔で唇の端を吊り上げている。

確かに今の人気や実績を踏まえれば、彼女が選ばれるのもわからなくはない。

しかし、あかねには少し意外な結果だった。合格者に選ばれるなら、かなちゃんだと思っていたからだ。

当のかなちゃんも、「えっ……」と呆気に取られていた。あかねも見たことがないほど、真っ青な顔だ。まるで、この世の終わりを告げられたかのようだ。

どういうことだろう。単純に観客の目を惹きつける力だけを判断すれば、この同年代でかなちゃんに敵う役者はそうそういないはずなのに。

最近のドラマを観ていても思う。流行の高藤エミリさんよりも、かなちゃんの方がずっとずっとすごい演技をしていた。それは決してあかねのひいき目ではなく、誰の目にもそう映るはずだ。

いったい審査員は、どこに目をつけているんだろう――。あかねが眉をひそめていると、スタッフの女性が「それから」と続けた。

「有馬かなさん。鈴見リコさん」

かなちゃんが再び、目を丸くしていた。あかねも同じである。追加で名前を呼ばれた鈴見リコさんも含めて、参加者たちは全員不思議に思ったに違いない。

どうして複数名の名前が呼ばれるのか。このオーディションの合格者は、ひとりだけではなかったのか。

室内に動揺の空気が広がる中、スタッフはさらに続けた。

「最後に、黒川あかねさん。合格者は以上です」

あかねは耳を疑った。まさか、自分の名前まで呼ばれることになるなんて。

これはいったい、どうなっているんだろう。

「残念ながら名前を呼ばれなかった方は、どうかご退出ください。合格者の方には、これから二次審査の方法について説明させていただきます」

名前を呼ばれなかった候補者たちが、気落ちした様子で席を立ち上がる。彼女たちのことは気の毒だとは思うが、それよりもあかねには気がかりなことがあった。

二次審査——どうやらオーディションは、まだ終わっていなかったらしい。そもそも、審査が複数回行われるなんて、事前に告知されてはいなかったはずだ。

かなちゃんも、それからスタッフに名前を呼ばれたエミリさんとリコさんのふたりも、狐につつまれたような顔をしている。

最初に疑問の声を上げたのは、エミリさんだった。

「どういうことなの？　審査は一度だけって聞いていたんだけれど」

「ええと、それはですね、やむをえない事情がありまして」

「やむをえない事情？」

　エミリさんが首を傾げたそのとき、「いや、すみませんでした」と男性の声が響いた。

　杖をついた初老の紳士が、控室の戸口から顔を覗かせた。このオーディションの主催者、虹野修吾さんである。

「本来、一回限りの審査でヒロインを決定しようと思っていたのですが、皆さんの演技のレベルが想定以上だったので……決めるに決められなかったのです」

　演技のレベルが想定以上だった――その言葉を聞いて、あかねはむずがゆいような気恥ずかしさを感じていた。虹野修吾さんほどの演出家が、自分たちの演技を褒めてくれている。それは素直に嬉しいことだったからだ。

　エミリさんもリコさんも、その顔を見れば満更でもないような表情を浮かべている。

　切羽詰まったような真剣な表情をしているのは、かなちゃんひとりだけだった。彼女の視線からは、どうしてもこのオーディションに合格したいという意志をひしひしと感じる。

　かなちゃんは「それで」と、虹野さんを睨むように見つめていた。

「もう一度改めて審査をやって、ヒロインを決めようってこと？」

「そういうことです」虹野さんは深々と頷いた。「二次審査は、今回の審査とはまた趣向や形式を変えて行うことにいたします。皆さんの能力を、別な角度から判断しようと思いまして」

「別な角度？」

「ええ。これは、他の審査員からのアイディアなんですけどね」

虹野さんは、どこか悪戯っぽく白い歯を見せた。

どうやら審査員は、虹野さんの他にもいたらしい。この虹野修吾さんは完全にワンマン型の演出家だと思っていたから、あかねにとっては驚きである。

虹野修吾さんほどの人物が信頼を寄せる審査員とは、いったい何者なんだろう。

虹野さんは、こほんと咳ばらいをひとつして、残った参加者たちの顔を順に見つめた。

それから、ゆっくりと口を開く。

「二次審査は、一か月後に行う予定です。皆さんにも準備の時間が必要でしょうから」

「準備？」

鈴見リコさんが、首を傾げた。

「はい。皆さんには、ペア演技をしてもらおうと思いまして」

ペア演技。あかねは眉をひそめた。いったい自分は、誰と組んで演技をすることになるのだろう。今回のように、プロの役者と一緒に舞台に立つのだろうか。それとも、合格者同士でペアを組むことになるのだろうか。

後者だとちょっと大変そうだな、とあかねは思う。

合格者は、あかねを除けばここにいる三人だけ。いずれも気心の知れた相手ではない。

高藤エミリさんと鈴見リコさんはまだいいとして、問題はかなちゃんだ。もし、あかねがかなちゃんと組むことになったら——苦難の道が待っているのは、想像に難くない。

あかねの緊張をよそに、虹野さんは淡々と説明を続けた。

「まずは。高藤エミリさんと、鈴見リコさんがひと組目のペアです」

虹野さんがエミリさんとリコさんに、にこりと笑みを向けた。

やはり、参加者同士が組むということだ。エミリさんとリコさんがペアとなるということは、つまり、あかねのパートナーも消去法で決定する。

あかねは思わず、かなちゃんに目を向けた。

かなちゃんの丸い大きな目も、あかねをじっと見つめていた。泣きはらしたばかりの真っ赤なウサギの目。思わず息を吞む。

あかねと視線がかち合っても、かなちゃんは特に表情を変えなかった。怒っているのか、悲しんでいるのか、それもよくわからない。ややあって、かなちゃんはぷいと視線を背けてしまった。

虹野さんは「こほん」と咳ばらいをひとつしてみせた。

「そしてもうひとつのペアが、黒川あかねさんと、有馬かなさん」

かなちゃんと共に、自分の名が呼ばれる。あかねはドキリと心臓が跳ねるのを感じた。

「二次審査では、このふたつのペアでそれぞれ演技を行ってもらいます。一次審査と同様、配役や演出プランはお任せいたします」

そのときかなちゃんが「質問があるんですけど」と手を挙げた。

虹野さんに「どうぞ」と促され、かなちゃんが尋ねた。

「ペア演技で審査をするのはわかりました。でも、最終的にヒロイン役に選ばれるのは、ひとりだけなんですよね？」

「まあ、そうなりますね」虹野さんはどこか楽しそうに続けた。「ペアの相手はパートナーでもあり、ライバルでもあるということになります」

パートナーでもあり、ライバルでもある。考えてみれば複雑な関係だ。

あかねにとっては、自分とかなちゃんがそんな間柄になるなんて、今の今まで考えたこともなかった。

「どうか、仲良く準備を進めてくださいね」

虹野さんが、にこりと笑う。その笑みは四人の参加者の中でも、特に自分に向けられていたような気がするのは、考えすぎだろうか。

かなちゃんと仲良くなんて、できる気がしない。あかねの胸の中には、どんよりとした不安が広がりはじめていた。

第三章

一次審査の合格者として自分の名前が呼ばれたとき、有馬かなの胸の中には、特に喜びの感情が湧くということはなかった。

もともと、二次審査があるのを予想していたということもある。黒川あかねの演技を見たとき、これは審査が難航しそうだ、と、かななりに思っていたからだ。

虹野修吾の説明の後、一次審査の合格者には、それぞれスタッフから二次審査用の説明資料が手渡されていた。A４のプリントに、次回のオーディション日時と、審査用の台本が後日郵送される旨が記載されている。

有馬かなは、プリントを見下ろしながら「ふうん」と呟いた。

今度はどんな役を演じることになるのだろうか。またオリジナル台本が使われるのだろうか。

かなが首を傾げていると、スタッフから「二次審査で演じていただく台本は、虹野修吾の未発表作品になります」と補足が入った。

「先ほど虹野が申しあげました通り、配役もそれぞれのペアで自由に決定していただいて構いません。来月の二次審査までに、ペア同士で演技プランを固めておいてください」

ペア同士、色々と話し合わないといけないことが多いということだ。要するにこの二次審査では、そういう舞台外でのコミュニケーション能力も測られるということだろう。

そういうのはあまり得意ではないが、やるしかない。

「各ペアとも、演技時間は約十五分といたします。背景やその他登場人物などは、こちらで準備いたしますが、他に衣装や小道具などが必要であれば、各自で準備してください」

かなは、「へえ」と舌を巻いた。演技時間はそこそこ長い。それに、衣装・小道具もそれぞれのペアで準備しなければならないという。オーディションとしてはなかなかに本格的だった。一次審査とは違い、完全に本番だと思って臨まなければいけないということだろう。

「その他、なにかご不明な点がございましたら、オーディションの運営委員会までご連絡ください」

スタッフからの説明はそれだけで、そのまますぐに解散の運びとなった。

衣装はどこから調達しようか——と、かなはぼんやり悩んでいた。芸能事務所から伝手（つて）を頼れれば楽だったのだが、今のかなは首を切られたばかりである。他の方法を考えなければいけない。

ちらりと高藤（たかふじ）エミリと鈴見（すずみ）リコの方に目を向けてみれば、連れ立って控室から出ていくところだった。

「今日の打ち上げでもしようか？」「じゃあスタバで！」「そうね、賛成！」

などと、笑みを交わし合っている。同じ劇団所属の子役同士、仲がいいのだろう。

——こっちも、ある程度仲良くしとかなくちゃダメなのかしら。

かなは、今度は黒川あかねに目を向けた。しかし彼女はこちらの視線に気づくと、気まずそうに顔を逸らしてしまう。

かなは、「はあ」とため息をついた。どうやら、例のあの子がかなのペア相手らしい。予想通りしっかり二次審査に残っているあたり、実力はあるのだろう。

だが、なんだか共演はやりにくそうな予感がしていた。あの真面目で素朴な様子を見るかぎり、きっと温かい家庭で育ったお嬢様かなにかなのだろう。かなとは性格的にまず合わなさそう。簡単に仲良くできるような相手ではない気がする。

ただそれでも、ペア演技のパートナーとなるならばコミュニケーションは必要だ。かなは意を決し、席を立ちあがった。黒川あかねに近づき、「ねえ」と声をかける。

彼女はビクッと姿勢を正し、横目でちらりとかなを見た。なにか恐ろしいものでも見るような目だ。そんなにかなが怖いのだろうか。

変な子ね、と思う。この子の方が、身長はかなより頭ひとつぶんくらい大きいくせに。呆れのため息が出そうになるのをこらえ、かなは続けた。

「アンタと私、ペアになったみたいね」

「あ、う、うん……。そうだね」

あかねはぎこちなく、口の端を吊り上げてみせた。しかしそれも一瞬のこと。彼女はすぐ目を逸らし、自分の足元あたりを見つめてしまう。

私のことが嫌いなのかしら、と、かなは思う。こんなに嫌われるなんて、まるで身に覚えはないのだが。

なにはともあれ今はパートナーだ。ペア演技のためにも、まずはこの子となんとかコミユニケーションを取れるようになっておく必要がある。

かなは、「ごほん」と咳ばらいをした。

「あのさ。アンタ、なんか私に言いたいことあるんじゃないの」

あかねは「え」と目を丸くした。やはり、図星だったのだろう。その顔には、「言いたいことがあります」とハッキリ書いてあるように見える。

「わだかまりとかあると、一緒にやっていく上で嫌じゃない？　だからまず、そのあたりをスッキリさせておいた方がいいと思ったのよ」

かなの言葉に、あかねは逡巡している様子だった。口をぱくぱくと開いたり閉じたりを繰り返している。

いったい彼女が何を言いたいのかわからないが、かなは事と場合によってはちゃんと謝るつもりでいた。

身に覚えのないことで頭を下げるのは釈然としないけれど、今はカントクに言われた通り、「周りと上手くやる」のを優先する。自分にとって一番大事なのは、オーディションに合格することなのだから。

しかし、あかねが告げた内容は、かなの予想だにしないことだった。

「それじゃあその、聞きたいんだけど……かなちゃんは、なんでさっき泣いてたの？」

かなは思わず「は？」と耳を疑ってしまった。

「なに急に。なんの話？」

「え、えっとあの、ほら、さっきの審査のとき」あかねが慌てた様子で言い添えた。「かなちゃん、なんだか本当に辛そうだったから。なにかあったんじゃないかと思って……」

あかねの意外な鋭さに、かなは目を見張った。

確かにあかねの言う通り、かなの〝泣き〟は演技ではない。ただ、かな自身が内側に押しこめてきた気持ちを、素直に表現しているだけだ。

考えてみれば、皮肉なものだと思う。有馬かなは〝十秒で泣ける天才子役〟なんて言われてきたけれど、本当はこんなこと、天才でなくてもできるのだ。なにしろ自分は泣いている間、まったく演じていないのだから。

しかしそのことを、わざわざ他人に言う必要もない。

特に、この黒川あかねみたいに幸せそうな家庭で育った子に知られるのは嫌だった。こういう子に憐憫の目を向けられるくらいなら、死んだ方がマシだ。

だからかなは、嘘を吐くことにした。

「あれはただの演技よ。そういう演技が必要だったから泣いたまで」

「本当に？」あかねは眉をひそめた。「かなちゃんが泣くの得意っていうのは知ってたけど……でも実際に泣いてる顔を見ると、なんだか真に迫りすぎてるっていうか」

「別にそんなこと……ないけど」

あかねは「もしかして」と続ける。

「かなちゃんの方こそ、なにか言いたいことがあるのかな……？」

「言いたいこと？」

「ほんとは誰かに知ってほしいのに、事情があって言えないこととか、あるんじゃないのかなって思って」

かなはハッと息を呑んだ。なにを言い出すのよ、この子。

あかねは、じっとかなを見つめている。真珠のように輝くその瞳は、まるでかなの内心を見透かそうとしているかのようだった。

「あのね。かなちゃん、私でよければなんでも聞くよ？」

「は？」

「その……ペアになったのもなにかの縁だと思うし、困ってることとかあったら、私でも相談に乗れるかなって。私誰にも言わないし――」

あかねの言葉を、かなは「そんなのないわよ」と遮った。

「別に私、アンタに聞いてほしい話なんかないから」

「え……」

「たかがペアになったくらいで、調子に乗らないでくれない？　今日初めて会ったばかりのアンタなんかに、知ったような顔されたくないんだけど」

言い方がキツくなってしまった自覚はある。しかし、そこはかなにとって、土足で踏み込んでほしくない領域だったのだ。

かなが告げると、あかねは「あ……」と真っ青になってしまった。

「ご、ごめんなさ……」

「今日はもういいわ。なんだか疲れた」

かなはあかねに背を向け、「二次審査の件は台本が届き次第、アンタの劇団に連絡するから」と告げる。

それだけ言って、かなは帰り支度を整えはじめた。あかねに別れの言葉もかけることなく、さっさと控室から出る。

あかねに色々センシティブなことを尋ねられて、腹が立った——というのももちろんあるが、すべてを見抜くような彼女の目に恐怖を感じた。それも確かだった。

今まで自分が積み上げてきた〝有馬かな〟を、壊されるかもしれないという恐怖を。

※

家に帰った黒川あかねがまずしたことは、自室のベッドに突っ伏すことだった。布団を頭からかぶり、クマのぬいぐるみを抱きしめて、「はぁぁ」と大きなため息を漏らす。

「またやっちゃった……余計なこと言っちゃった……」

あかねが良かれと思ってかなちゃんに言ったことは、よくよく考えてみれば、かなちゃんにとっては大きなお世話もいいところだろう。

あかねは別にかなちゃんの友達でもなんでもない。それどころか、過去には「大嫌い」とまで言われたことがある相手である。

そんなあかねが「相談に乗る」だなんて、かなちゃんを怒らせてしまうのは当然だ。空気を読めないにもほどがある。

こういうところ、自分は本当にダメだなあ——と、あかねは思う。

学校でもそうなのだ。自分は周りと仲良くなりたいのに、友達との距離感がうまくつかめない。稽古や舞台で抜ける日が多いということもあるが、なんとなく皆から浮いた感じになってしまっている。

ぬいぐるみから顔を上げ、ちらり、と本棚に目を向ける。

『人の心がよくわかる本』『やさしい行動心理学』『子どものための心理学入門』――棚の一角には、そういった心理学の入門書の類が並んでいた。

それらはあかねが親に頼んで買ってもらった本だった。

かなちゃんは、どうして「演技なんてどうでもいい」と言ったのか。本当は心から演技が好きなはずなのに、どうして出来レースのオーディションなんかに甘んじていたのか。

そういう複雑な気持ちが、どうしても知りたかったのだ。

あかねは買ってもらった入門書を読んで、一応の勉強はしたつもりである。

しかし、それだけで納得の行く答えにたどり着くことはできなかった。あのときのかなちゃんがなにを考えていたのかも、今のかなちゃんがなにを考えているのかも、さっぱりわからないのだ。

自分はきっと、頭が悪いんだ――。あかねは本気でそう思っていた。いくら知識を頭に入れたところで、それをしっかり役立てられなければ意味がない。

どうすれば、人の心がわかるようになるんだろう。どうすれば、人を怒らせずに仲良くできるんだろう。

そんなことを悶々と悩んでいるうちに、だいぶ時間が経ってしまったようだった。窓の外には、すっかり夜のとばりが落ちている。気温もぐっと下がり、身震いしてしまうくらいになっていた。

ふとシチューの匂いがして、お腹が「ぐう」と鳴った。今頃キッチンで、お母さんが夕飯の支度をしてくれているのだろう。

と、そのとき、部屋にノックの音が響いた。

「あかね、部屋にいるのかい？」

お父さんの声だった。出張族で、普段はいつも仕事で忙しいお父さんも、週末の夜は何がなんでも家に帰り家族団欒を楽しむ。あかねを夕食に呼びに来たのかもしれない。

あかねは「はーい」と立ち上がり、部屋の明かりをつけた。それから、ドアを開けてお父さんを出迎える。

「そろそろご飯だよ」

お父さん――黒川理は、近所でも穏やかで人の好い中年男性として通っている。長身で細身、四十代半ばでもお腹は出ていない。お父さんが若い頃から体形を維持してくれているのは、あかねにとっても密かな自慢だった。髪はこのところ少し薄くなってしまったけれど、そこはご愛敬。

「あ、うん。いま行くから」

あかねが答えると、お父さんは「あれ？」と不思議そうな顔で首を傾げた。

「どうしたんだい？　なんだか、すごく落ちこんでるみたいだけれど」

「え……？　そ、そうかな。別に普通だけど」

「髪の毛、ぐちゃぐちゃになってる」お父さんが、自分の頭を指差しながら言った。「あかねは落ちこむと、すぐ頭から布団をかぶってため息をつくからね。あかねの髪が乱れていれば、落ちこんでる証拠だ」

お父さんに指摘され、あかねは「ああー……」と自分の髪に触れた。たしかにお父さんの言う通り、髪の毛はあっちこっちにハネてしまっていた。恥ずかしい。

「お父さんには、やっぱり嘘はつけないなぁ」

お父さんは、「ははは」と目を細めた。「これでも、伊達に日夜犯罪者たちの嘘を暴いているわけじゃないからね」

お父さんは、こう見えても優秀な警察官なのだ。警視庁に所属していて、階級は警視正。

「警視を軽視するな」――というのが、昔のお父さんの持ちネタだったが、最近昇進して使えなくなったことを悲しんでいる。お父さんのギャグは面白くはないので問題はない。

こんな呑気な人でも、これまでいくつもの捜査本部を率いて凶悪犯罪を解決してきている。警視総監の椅子もそう遠くないとも聞いたことがある。あかねの隠し事を見抜くぐらい、お父さんにとっては朝飯前なのだろう。

お父さんは「それで」と、あかねに心配げな目を向けた。

「いったいなにがあったんだい？　お母さんからは、今日のオーディションは上手くいったって聞いてたんだけど」

「あ、その、ええと……」

あかねは逡巡の後、いま抱えている悩みをすっかりお父さんに話してしまうことにした。

どうせ隠したところで、ますますお父さんやお母さんを心配させてしまうだけだ。だったら、ちゃんと話して、知ってもらった方がいい。

あかねはお父さんを部屋の中に招き入れ、ベッドに座ってもらった。自分は学習机の椅子に座り、お父さんに向き直る。

そうして、深呼吸をひとつ。あかねは意を決して、「実は――」と、かなちゃんとの一件についての説明を始めた。

今日のことだけでなく、かなちゃんの人となりや、何年か前のオーディション会場で初めて顔を合わせたときのことも含めて、だ。

自分が失敗した話を詳細に語るのは恥ずかしいことだったけれど、お父さんはじっと黙って聞いてくれていた。だからあかねも、真剣に話を続けた。

話を聞き終えたお父さんは、「そうか」と、あかねに労うような目を向けた。

「なかなか大変なんだね、演劇っていうのも」

「ううん。私が悪いんだ。いつも周りの空気読めないから……」

あかねが自嘲気味に呟くと、お父さんは「そんなことはないよ」と首を振った。

「あかねはよくやってると思うよ。お母さんだっていつも褒めてるじゃないか。人間関係が上手くいかないのは、誰だって同じだよ」

お父さんの優しい言葉が、じわりとあかねの胸に染みる。誰かに自分の頑張りを認めてもらえるのは、素直に嬉しいことだ。

学校も演劇も大変なことばかりだけれど、自分がなんとかそれを続けていられるのも、やはりお父さんやお母さんのおかげなんだろう、と思う。

あかねは「あのさ」とお父さんに尋ねた。

「どうすれば、かなちゃんの……人の考えていることがわかるようになるのかな」

「人の考えをわかるようになる——か。それは難しいことだね。心理学の本をただ読んだって、それでテレパシーみたいに他人の心が読めるようになるわけじゃないし」

お父さんは、考えに耽(ふけ)るようにして目を閉じた。そのまま「うーん」と首を捻(ひね)ること数十秒。お父さんはようやく目を開き、あかねに尋ねた。

「昔、プロファイリングという言葉を教えたのを覚えているかい？」

あかねは「うん」と頷(うなず)いた。五歳くらいの頃、父からプロファイリングに関する本を借りたことがあったのだ。

「犯罪捜査の話だよね。状況証拠から犯人像を割り出す、みたいな」

「そう。ＦＢＩが確立した捜査方法だね。過去の犯罪データをもとに、経験と心理学的見地から、犯人の人種や年齢、生活様式を推理するってやり方だ。今じゃ、日本の捜査現場にもずいぶん取り入れられている」

あかねは前にその話を聞いたとき、えらく興奮したのを覚えている。プロファイリングの手法を使えば、架空の人物像をイメージしやすくなる。これを使えば、演劇の役作りにも応用できるのではないかと思ったのだ。

ただ、そのときお父さんから借りた本の中では、プロファイリングの原理は説明されていたものの、警察独自のノウハウまでは詳細に語られているわけではなかった。だからあかねが役作りに応用しようとしても、どうにも上手くいかなかったのである。

「それで……そのプロファイリングがどうしたの？」

「人を知るには、なによりデータの量が大事だという話だよ」

お父さんは、懐からペンとメモ帳を取り出した。職業柄、いつでも書き物ができるように持ち歩いているらしい。スマホアプリなどのメモより、こういう方が好きなのだそうだ。

お父さんは、メモ帳に「有馬かな　十二歳」「出演代表作：劣化家族」「代表楽曲：ピーマン体操」などと、次々と書き記していく。それから、「『演技なんてどうでもいい』？」というメモも。

それらはつい今しがた、あかねが説明したばかりのものだ。

それからお父さんは、それらのメモをベッドの上に並べ始めた。「有馬かな　十二歳」というメモを中心に、他のメモを整理しながら周囲に置いていくのだ。舞台の情報。テレビドラマの情報。音楽活動の情報――。かなちゃんに関するあらゆる情報が、あかねのベッドを埋めつくしていく。

なんだか刑事ドラマみたいだな、とあかねは思った。警察のホワイトボードに、被害者やら容疑者やらの情報が所狭しと貼られているシーンだ。有馬かなは今、あかねのベッドで重要参考人として分析されている。

思わずあかねは、感嘆のため息を漏らした。

「なんか……すごいね。これが本当のプロファイリング……。こうして改めて見ると、かなちゃんの情報ってこんなにあったんだ」

「いや」お父さんが首を振った。「これじゃあまだまだ足りないよ」

「足りない？」

「人は情報の塊なんだ。その人の内面を推理するためには、もっともっと多くの情報が必要になる。好きな食べ物とか、好きな学校の科目とか、休日の過ごし方とか……そういう些細な情報を積み重ねることでようやく、おぼろげながら輪郭が見えてくる」

　プロファイリングは統計学。なにより情報量が大事なんだ――とお父さんは続けた。

「自分は相手のことを知っているつもりでも、実は知らないことなんて山ほどある」

　お父さんは「例えば」と、「代表楽曲：ピーマン体操」と書かれたメモを持ち上げた。

「かなちゃんは〝ピーマン体操〟なんて曲を歌っているけど、もしかしたら本当はピーマンが嫌いなのかもしれないよ」

「え？　そうなの？」

「いやいや、もちろんこれは例えばの話だけれどね」

　お父さんは、苦笑気味に頬を掻いた。

「もしもかなちゃんがピーマンを嫌いだとして、だよ。ピーマンが嫌いなのに、どうしてあんな曲を歌っているのか……。それを考えることで、見えてくるものもあるのかもしれない。それがプロファイリングの基本だ」

　なるほどと、あかねは納得する。あかねは長年かなちゃんのファンだったから、かなちゃんのことはなんでも知っていると思いこんでいた。

　でも、そうでもなかったんだ、と実感させられる。かなちゃんの食べ物の好き嫌いとか、そういうプライベートな話は全然聞いたことがなかった。

あかねは「それじゃあ」と居住まいを正した。

「相手の情報を集めるには、どうすればいいの？」

「そうだね。情報収集のやり方は色々あるけど、まず基本は――」

お父さんがまた説明を始めようとしたところで、リビングから「ちょっとー？」と声が響いてきた。お母さんだ。

「シチュー冷めちゃうから、早くこっちにいらっしゃい」

お母さんの呆れたような声に、あかねは思わずお父さんと顔を見合わせてしまった。

お父さんもどうやら、あかねを呼びに部屋に来たことをすっかり忘れてしまっていたようだ。ばつが悪そうに後ろ頭を掻いている。

「話の続きは、夕飯の後にしようか」

あかねも「そうだね」と頷き、椅子から立ち上がった。ついさっきまで頭の中にあったモヤモヤは、お父さんのおかげですっかり消えている。

かなちゃんのこと、もっとよく知らなきゃ――今ではその気持ちが、あかねの胸の中に溢(あふ)れていたのである。

※

有馬かなの家に台本が送られてきたのは、一次審査から三日後のことだった。

「課題演劇『慈愛の女神』ね」

ママの手の中には、今日送られてきたばかりの二次審査の台本があった。かなが台本を読み終えた後、ママが「見せて」と言ってきたのである。

ママに一次審査を通過したことを知らせた時は、さも当然というような反応が返ってきた。あれだけ泥臭く頭を床に擦りつけ、必死の思いでもぎ取った結果も、ママからすれば子供のおつかいみたいなものなのだろう。やれて当然。そうならなきゃおかしい、と。

ママは、食い入るように台本に目を通していた。

そんなに躍起にならなくてもいいのに、とは思ったけれど、これもいつものことだった。ママは、かなのことが心配でたまらないのだ。だから仕方がない。

「主な登場人物は『村娘』と『女神』……。これは、正しい行いをした『村娘』が、『女神』に救われる話なのね」

配布された『慈愛の女神』は、まさにそういう内容の話だった。

この演劇の構成は、全三幕から成っていた。

まず《第一幕》は、村での日常を描写するシーンだ。

とある小さな村の片隅に、古ぼけた女神の石像があった。

村人たちは女神像のことを気にも留めないが、唯一、ひとりの村娘だけは毎日大切に女神像を磨いていた。

次第に、女神像は村娘に親しげに話しかけてくるようになる。村娘も、この女神像に親愛の情を感じるようになっていた。

そこで《第二幕》に入る。ある日、村が大火事に見舞われ、女神像を邪険に扱っていた村人たちが焼け死んでしまうという衝撃のシーンだ。村娘は混乱の中、女神像に助けを求め、その奇跡の力で火事の恐怖から免れることになる。

ラストの《第三幕》では、ただひとり生き残った村娘が、女神に感謝するシーンが描かれる。女神も、この先ずっと村娘を守ることを約束するのだった。

めでたしめでたし。言うなれば、わかりやすい勧善懲悪モノである。子供向けの童話のようなテイストなのかもしれない。

ママは台本を閉じ、かなに目を向けた。

「たしか、配役は相方の子と相談して決めることになるのよね」

「うん、そう聞いてる」

「だったら、必ずかなちゃんが『女神』役をやるのよ」

有無を言わさない調子で、ママは続けた。

「台本を読む限り『女神』の方が目立つわ。スポットライトも『女神』に当たるようになるはず。オーディションに合格したいなら、『女神』の役をやらなきゃダメ」

本当にそうかな——。かなは疑問を覚えた。

ママの言いたいこともわからなくはない。しかし、審査に受かるかどうかは、役そのものが目立つかどうかと関係がない気がする。

主役だろうが脇役だろうが、舞台の大事な構成要素であることに変わりはないのだ。素人ならいざ知らず、あの虹野修吾が、そんな単純な要素で合否を決めるとは考えにくい。

かなはそう思ったものの、言ったところでこのママが納得するわけでもないというのはわかっていた。半ば諦めの境地で、「うん、そうする」と頷いておく。

幸い、かなと組むことになったあの黒川あかねという子は、そこまで押しが強いタイプにも思えなかった。かなが強く主張すれば、「女神」役を譲ってくれるかもしれない。

ママの言う通りにすれば、また電話機を買い替える必要はなくなる。

「いい？　かなちゃん。絶対よ」

母親がヒステリーを起こさないためにはどうすればいいか。このときのかなは、そればかりを考えていた。

※

黒川あかねは、かなちゃんの足元に跪いていた。小道具の布巾を手に、かなちゃんの身体をゴシゴシと磨く演技をする。

「『――今日は少しだけ曇り空。だけど、女神様はいつもと変わらず輝いて見えるわ』」

そのかなちゃんは優しげな微笑みを浮かべ、足元のあかねを、じっと見下ろしていた。

さすが、感じが出てるなあ、とあかねは思う。かなちゃんは普通の稽古着姿で立っているだけなのに、まさに女神のごとく神々しく見える。演技力の賜物だろう。

あかねにとっては見慣れたはずの劇団あじさいの稽古場も、今は神秘的な村はずれの社に思えてくるから不思議なものだ。

「『みんなは馬鹿にするけれど、女神様はこの村の守り神だもんね。大切に扱わなきゃ、罰が当たっちゃうわ』」

あかねは今、この劇の「村娘」である。一生懸命腰を入れて、かなちゃん扮する「女神」様を磨き続けていた。


黒川あかねが有馬かなからの電話を受けたのは、一次審査の日から数日後のことだった。夕方、あかねが劇団あじさいで稽古をしているときのことだ。

かなちゃんは約束通り、劇団を通じて連絡を取ってきたのである。「二次審査の稽古をしたいから、空いてる時間を教えて」と。

あかねが土曜日の午後を指定すると、その日はかなちゃんも特に問題なかったようだ。あじさいの主宰者の岡村さんも、「空いてる時間は、稽古場を好きに使っていいよ」と言ってくれている。あかねたちに気を遣ってくれたのだろう。ありがたい話だ。

日々は過ぎ、週末はすぐにやってくる。

こうしてあかねはオーディション二次審査に向けて、かなちゃんと顔を合わせて稽古を始めることになったのだった。

あかねが驚かされたのは、かなちゃんが稽古場に入ってきての第一声である。

「私が『女神』役で、アンタが『村娘』役。それでいくわよ」

あかねが「え」と目を丸くすると、かなちゃんは「だって」と続けた。

「舞台映えする私の方が『女神』に向いてるでしょ。『村娘』は地味なアンタが適任。文句はないわね」

否定も反論も許さない口調だ。なんだか強引だなあ、と、あかねは思ってしまった。

あかねの内心では色々思うところがあったのだが、かなちゃんの目は真剣そのものだった。そこまで強く言うなら仕方がない。その意見に反対するつもりもなかった。

ひとまず、かなちゃんの提案通りに、あかねは「村娘」役を了承することにした。かなちゃんはどこか安堵した様子だったので、あかねもホッとする。

ともかくそれで、かなちゃんと一緒に台本を通しでやってみることにしたのである。


そして数分後。慈愛の笑顔を浮かべたかなちゃんが、あかねを見下ろしていた。

「『あなたは、本当に心の美しい娘なのね』」

「『め、女神様がしゃべった……!?』」

あかねは目を丸くして、尻もちをついてみせた。

自分は今、素直で心優しい「村娘」だ。歳は十四、五歳くらい。両親の畑仕事を手伝う傍ら、毎日熱心に女神像の掃除を行っている敬虔な少女。あかねは、この役をそんな風に分析し、表現していた。

初回のふたり稽古は、思っていたよりもすんなりと進んでいた。どうなることかと心配していたあかねにとっては、杞憂に終わった形である。

なんだかんだ、かなちゃんの演技は技量が高い。そして、ものすごく合わせやすい。台詞の間や、視線の使い方が抜群に上手いのだ。

あじさいの他の子たちと舞台に立つより、数段やり易い。

「『私の声を聴くことができるのは、心が綺麗な人間である証拠よ。この村では、もうあなたひとりだけ』」

「『そうなのですね……。でも、他の人とお話しできないのはお可哀想』」

あかねはかなを見上げ、「村娘」の台詞を告げた。

「『私にできることはありませんか？　女神様のために、尽くしてさしあげたいです』」

「『その気持ちだけで十分よ。あなたが私を大切にしてくれている限り、私もあなたを守り続けるわ』」

お互いが役へと入りこみ、自然とやりとりを交わす。初めての稽古でここまで上手くいくのは、あかねにもあまり経験のないことだった。

かなちゃんはやっぱりすごいな、と、あかねは思う。このあいだの一次審査で共演したベテラン役者たちと同じくらいの安定感を感じる。

最初のひと幕分の演技を終え、かなちゃんは「ここで一旦止めるわよ」と告げた。「ふう」と息をついたかなちゃんの額には、じわりと汗が浮き出ている。

「それで、ここまでやってみてどうだった？」

かなちゃんが、ちらりとあかねに目を向ける。

「そうだね……。かなちゃんの優しい女神様の演技、上手だったと思う。けど……」

「けど？」

かなちゃんの目が、あかねを睨みつけるようにキッと細められた。まるで蛇に睨まれたカエルの心境である。昔かなちゃんに怒鳴られたことを思い出し、あかねはつい目を逸らしてしまった。

「あ、ええと、うん……。なんでもない」

「は?」かなちゃんが、さらに眉間に皺を寄せる。「なんでもない、ってことはないでしょ? 今のは明らかに、なにかある感じの顔してたわよ」

「そ、そうかな……?」

「こないだ私言ったわよね? わだかまりとか作りたくないから、言いたいことあるならハッキリ言ってって」

かなちゃんが、ずいっとあかねに顔を近づけてくる。背は小さいのに、すごい迫力。幼い頃から芸能界で鍛えられてきただけあって、さすがの押しの強さだった。

どうしたものかとあかねが狼狽えていると、稽古場の隅の方から声が聞こえてきた。

「そうだぞ、言いたいことがあるならハッキリ言った方がいい」

男の人の声だ。思わず声の方を振り向くと、見慣れぬ人物がそこにいた。

歳はあかねたちよりも少し上くらい。背が高く、眼鏡をかけたお兄さんである。くたびれたパーカーにジーンズ姿。髪はセットしているんだかしていないんだかわからないような無造作ヘア。どこかで見たような顔だった。

彼は稽古場の壁にもたれかかるようにして、じっとあかねたちの方を見つめていた。

いったいいつの間に現れたんだろう。というか、この人誰だっただろう。劇団あじさいに、こんな人がいただろうか。

あかねが首を傾げていると、かなちゃんが、「あ」とお兄さんを指さした。

「『影の鍵盤』に出てた人。主人公のピアニスト役の」

そこまで言われると、あかねにもピンと来る。

「姫川大輝さん⁉」

あかねが言うと、お兄さん――姫川さんは気だるげに「どうも」と頭を下げた。

姫川大輝といえば、若手俳優の中でもトップクラスの実力者だ。彼が所属する劇団ララライも、連日チケットが完売するレベルの超人気劇団である。

そんな姫川さんが、いったいどうしてこんなところにいるのだろう。

疑問の声を上げたのは、かなちゃんの方が先だった。

「ここでなにしてんのアンタ。もしかして、小学生の女児ふたりをやましい目で見てたんじゃないでしょうね、気色悪い……」

「ちょ、ちょっと、かなちゃん……⁉」

相手を恐れぬかなちゃんの言い草には、あかねの方が恐縮してしまったくらいである。

もっとも、姫川さんの方は別に怒った様子もない。後ろ頭をボリボリと掻きながら「そういうんじゃないいんだけど」とため息をついている。

「劇団あじさいの代表に話があって、ちょっと顔を出しただけ」

「代表って、岡村さんのことですか？」

あかねが尋ねると、姫川さんは「そうそう、そんな感じの名前のひと」と頷いた。しかし頷いただけで、詳しい内容を話す気はないようだった。

彼はいったい、なんの用事でここに来たのだろう。

「まあ、結局その岡村さんには会えなかったんだけど」姫川さんが肩をすくめた。「で、帰ろうと思ったら、なんか面白そうなことやってたから、つい見物してたってわけ」

面白そうなこと——というのは、このオーディションに向けての稽古のことだろうか。集中していたせいか、姫川さんに見られていたなんて全然気づかなかった。

「私たちの稽古、見てたんですか？」

「最初から最後までな」

「もの好きね」かなちゃんが、呆れたような目を姫川さんに向けた。「こんなの、部外者が見たって別に面白くもないでしょうに」

しかし姫川さんは特に表情を変えず「いや」と眼鏡を押し上げた。

「俺はもともと、他人の演技見るのは嫌いじゃないからな。それに、虹野さんのオーディションにも一枚嚙んでるから、完全に部外者ってわけでもない」

急に虹野さんの名前が出てきて、あかねは「え」と耳を疑ってしまった。かなちゃんも同じく驚いたようで、思わずふたりで顔を見合わせてしまう。

「今の稽古ってアレだろ。二次審査の『慈愛の女神』」

姫川さんに問われ、あかねは「そうです」と頷いた。

「知ってるんですか、この台本のことも」

「まあな。一応目を通させてもらってる」

姫川さんは「それで」とかなちゃんを見て、それからまたあかねの方に視線を戻した。

「なんつーか、お前らの女神様はずいぶん優しいんだな」

「優しい？」

かなちゃんは、「は？」と首を傾げている。

「どういう意味？　女神様が優しくて、なにが悪いの？」

「いやまあ、別に悪くはねーけど」

姫川さんは後ろ頭を掻きつつ、「でもなんつーか」とため息をついた。

「俺も上手く言えねえけど、なんとなくあの台本の女神様って、ただ優しいだけの存在って考えるには違和感あるだろ」

「違和感？」

「なんだろうな。なんかこう、収まりが悪いっていうか」

姫川さんはそれだけ言って「おっと」と手を口にやった。

「あんまり言いすぎると、虹野さんに怒られちまう。黙っとくか」

「はあ？　なによそれ」

かなちゃんは顔をしかめていたが、姫川さんは一向に気にした様子はない。「ぼちぼち帰るわ」と呟いて、稽古場の出口の方へと歩いていった。

姫川さんは稽古場を出るところで、「あ」と、あかねの方を振り向いた。

「さっきも言ったけど、言いたいことはちゃんと言っとけ。同じ舞台に立つ役者同士なら、それが礼儀だろ」

礼儀。その言葉に、あかねははっとさせられてしまう。たしかに姫川さんの言う通りだ。

かなちゃんの顔色を窺ってなにも言わないのは、むしろ役者としての礼儀を欠いていたかもしれない。

あかねは「わかりました」と頷いた。

姫川さんは、そんなあかねの返事を聞いていたのかいなかったのか、「それじゃ」と手を振りながら、稽古場を出て行った。

なんだか飄々としていて、つかみにくい人だ。まさに天才肌という印象。一流の役者には変わった人が多いというが、あの姫川さんも例外ではないのかもしれない。

「なんなの、あれ」

姫川さんの足音が遠ざかるのを聞きながら、かなちゃんが唇を尖らせた。

「女神様が優しいだけの存在じゃないって、どういうこと？　アドバイスするなら、もっと具体的に言いなさいよね」

あかねも「うーん」と首を捻った。「とにかく、もうちょっと演技の方向性を考える余地があるって言いたかったんじゃないかな？　私もちょっと、それは思ってたし」

あかねの返答に、かなちゃんが「はあ？」と眉根を寄せた。

「なに？　やっぱりアンタも文句があったわけ？」

かなちゃんに詰め寄られ、あかねは一瞬「う」と狼狽えてしまう。

でも、ここで引いちゃダメだ――そう思い直して、ぎゅっと手を握りしめる。かなちゃんは一緒に舞台に立つ役者なのだ。言いたいことをちゃんと言うのが礼儀。姫川さんにも言われたことである。

あかねは小さく深呼吸をして、覚悟を決めた。

「ええとね。文句とかじゃなくて。私、この台本を読んで思ったことがあって」

「台本を読んで思ったこと？」

かなちゃんが首を傾げる。

あかねは「うん」と頷き、かなちゃんに向き直った。覚悟を決める。自分の考えていることを、きちんと説明するために。

「……聞かせなさい」


結局その日、話し合いは日が暮れるまで続いた。

後々になって、黒川あかねはこの日のことをよく思い出すことになる。

なにせ初めてあかねが、かなちゃんと額を突き合わせて本音でぶつかり合った日の思い出なのだ。もしかしたらこの日の出来事がなければ、今の自分もかなちゃんも存在しなかったかもしれない。

人生、なにがキッカケになるかわからないということだ。

第四章

三月に入っても、まだまだ寒さが和らぐことはなかった。繁華街には、冷たい雨がしとしとと降り続いている。

この日、姫川大輝が向かったのは、いつぞやの駅前の複合ビルだった。虹野修吾のオーディションが行われたホールである。本日は、その二次選考が行われているのだ。

劇場ホールのステージでは、『慈愛の女神』が演じられていた。

演じ手の役者は、高藤エミリと鈴見リコのペアである。

ふたりの芝居はすでに《第二幕》に入っている。村が火事に包まれるシーンだ。モブ役の俳優たちが「助けてくれ!」「早く逃げろ!」と悲痛な声を上げていた。

そんな中、「村娘」が跪いて「女神」に救いを求めている。

「『女神様、お願いです! このままでは村が燃えてしまいます! どうかお救いくださぃ!』」

「村娘」役の鈴見リコは、ステージ上で懸命に叫んでいた。衣装は素朴なワンピースに、エプロンを腰に巻いている。

全身煤で汚れた感じになっているのは、火事の中を必死に逃げてきた状況を説明するためだろう。細かいところまでよく表現していると思う。

リコは両手を胸の前で合わせ、青ざめた顔で頭を垂れていた。

なかなか真に迫る演技だ。鈴見リコの姿を見ながら、大輝は「へえ」と感心していた。一次審査のときの彼女はさほど目立った演技はしていなかったが、今回は努力の跡が窺える。渡した台本をもとに、しっかりと稽古を重ねてきたのだろう。

それは、相方の「女神」役――高藤エミリにも言えることだった。

「『残念ですが、私の力ではこの村を救うことはできません。この村は、今宵滅びる運命にあります』」

静謐でありながらも、威厳のある声色である。身に着けているのは、流れるようなシルエットの白色ロングガウン。輝くような金色のティアラを頭に乗せている。立ち居振る舞いから視線の使い方に至るまで、まさに彼女は神々しい「女神」だった。

十二、三歳の年齢でありながら、舞台上であそこまでの存在感を醸し出すのは、なかなか難しいことだ。

鈴見リコ演じる「村娘」が、「『そんな……!?』」と項垂れた。絶望に染まった表情もなかなか悪くない。

そこに高藤エミリが、慈愛に満ちた視線を向ける。

「『あなたは心の美しい娘。この女神のために尽くした優しさに報いて、あなたの命だけは救いましょう』」

高藤エミリは、舞台袖に顔を向け、まっすぐに指さした。

「『この先の道には、危険は及びません。まっすぐに走れば水場にたどり着きます。そこで火の手が収まるのを待つのです』」

「『あ、ありがとうございます、女神様！』」

鈴見リコの演じる「村娘」は、「女神」に礼を言いつつ立ち上がった。彼女は舞台下手に向けて、そのまま駆け出した。

口を押さえながら前かがみで逃げているのは、火事の煙から逃れているということを示しているのだろう。情景をしっかりと考えられた演技である。

一旦幕が下がり、《第二幕》が終わる。これから小休憩の後、続けて《第三幕》のエンドシーンが演じられる予定である。

一次審査のときと同様、大輝の隣の客席には虹野修吾が腰を下ろしていた。彼は大輝の方に顔を向け、「どうですか？」と尋ねてくる。

「あの子たちも、意外といい演技じゃありませんか？」

大輝は「そうですね」と頷いた。「さすが、ふたりとも色々場数を踏んできているだけのことはあるのかな。演技に迷いがないですし、ソツなくこなしてる」

「ええ、そうですね。これが普通のオーディションであれば、十分に及第点です」

そういう限定をつけているということは、虹野は彼女たちの演技にまだまだ満足していないということだ。相変わらず厳しいもんだな、と大輝は思う。

ステージの幕は再び上がり、舞台の中央には、「女神」の高藤エミリが穏やかな顔で立っている。頬や衣装があちこち黒く汚れているのは、ひと晩じゅう炎に晒されていたことを示す演出だろう。

舞台袖から、「村娘」の鈴見リコが「『女神様！』」と駆け寄ってきた。

「『大丈夫ですか？』」

鈴見リコは腰に巻いていたエプロンを解き、「女神」の前に膝をついた。それを布巾代わりにして、「女神」の顔や身体をゴシゴシと磨きはじめる。

「『ああ、こんなに汚れてしまって……』」

「『ありがとう。やはりあなたは心優しいのね。あなただけでも生き残ってよかった』」

高藤エミリは「女神」らしく、愛に溢れた微笑みを見せた。彼女はそのまま「村娘」に、やはり村人は誰も生き残れなかった、と語る。

「『可哀想な娘。でも、あなたはもう心配いらないわ。これからは、私がずっと見守っていますからね』」

「『女神様っ……！』」

「『安心していいのですよ。あなたにはもう、寂しい思いをさせませんから』」

鈴見リコは、「女神」の足元に縋るように抱きついた。目にいっぱいの涙を浮かべ、安堵と喜びの嗚咽をこぼしている。

「『はい……！　これからもお傍でお世話をさせていただきます！』」

高藤エミリは、変わらぬ慈愛の笑みを湛えながら、その鈴見リコの背を優しく撫でていた。その姿はまさに、『慈愛の女神』というタイトルに相応しいかもしれない。

そんなふたりの前に幕が下り、《第三幕》は終了する。高藤エミリと鈴見リコのペアは、さしたる問題もなく演技を最後までやり切った形だ。

虹野は大輝の隣で、パチパチと手を叩いていた。

「おふたりとも、よくやってくれましたね。実に台本に忠実な演技でした。この年代の役者としては、文句なく優秀だと思います」

「でも、虹野さんは『優秀』程度の役者じゃ満足できないんですよね？」

大輝が言うと、虹野は「そうですね」と目を細めた。

「できれば、さらに上の演技を見てみたい。私たちの想定すら軽く乗り越えてくるような――。そう考えてしまうのは、舞台に携わる者のわがままでしょうか」

「それじゃあ、アイツらに期待ですね」

大輝は、再びステージに目を向けた。《第三幕》用のセットは片づけられ、《第一幕》用のものと入れ替えられている。もうひとつのペア――有馬かなと黒川あかねの演技が、これから始まるのだ。

※

その少し前、有馬かなは、控室でオーディションの支度を整えていた。

衣装の準備は万全。手鏡を取り出してリップを塗り、ぱぱぱと唇を弾く。

セルフメイクにも慣れたものだわ、と自分でも思う。

数年前まではかなにも専属のスタイリストさんがついていたが、それももう昔の話だ。

落ち目になって以降は、自分でメイクや衣装合わせをするのが日常になっていた。

もちろん今回のオーディションも例外ではない。いち挑戦者として、自分の手で自分を整えるのだ。

悔しいけど、これが自分の生きる道。逃げ道もない。望むところよ——と、かなは気合いを入れる。

ちらりと隣のあかねを見てみれば、彼女は机に並べた化粧道具を前にして、なにやら首を捻っているようだった。片手に握ったスマホの画面には、「チークの入れ方　舞台用」の文字。どうやらあかねは、やり方を検索しながらメイクしようとしていたらしい。

「まったく、しょうがないわね」

かなはため息をつき、あかねの真ん前に椅子を移動した。

「ほら、メイク道具貸しなさい。やってあげるから」

あかねは一瞬「え」と驚いた顔を見せたものの、すぐに「うん」と頷いた。少しはにかんだような笑顔で、かなを見る。

「それじゃあ、かなちゃんにお願いしようかな」

「素直でよろしい。この手のメイクって、初心者がひとりでやるのは難しいからね」

かなはブラシとファンデーションを手に取り、あかねの顔に向き直った。ムラのないよう、丁寧に下地を整える。

それにしてもこの子、悔しいくらい美人ね——。こうして至近距離からあかねの顔を見ていると、つくづくそう思う。眉も鼻筋もすっと綺麗に通っていて、頬はほっそりとしている。簡単に言えば美形。なんとも舞台映えのする顔なのだ。

こうした舞台用メイクはスポットライトを浴びても目立つように、シェーディングで立体感を出していくのが基本である。しかし、あかねの場合はその必要もないくらいに元から整っているのだ。

おまけに手足も長いし、スタイルもいい。女優としてだけではなく、モデルとしてでも通用するルックスである。神様はちょっと不公平すぎる。

「なんかズルい……」

思わずかなが呟くと、あかねは「え？」と目を丸くした。

「あ、ご、ごめん、かなちゃん。私ばっかりメイクしてもらっちゃって、不公平だよね」

「別に、そういうことじゃないわよ」

かなは「ったく」と舌打ちする。あかねは美人な上に、性根までまっすぐだ。かなとは色々大違い。だから、余計にムカつくのである。

きっと男の子にも、さぞかしモテているんだろう。かなはふとそんなことを思った。

黒川あかねは綺麗で頭が良くて気立ても良くて、彼女にするには申し分ないタイプ。正直こういう子とは、絶対に恋のライバルにはなりたくない。

かなはあかねの頬にチークを入れながら「そういえばさ」と尋ねた。

「アンタって、彼氏とかいるの？」

そのとたん、あかねは「ふえっ？」と変な声を上げていた。

「か、彼氏なんて、いるわけないって！　私、まだ十二だし！」

「そう？　今どきの十二歳なんて、彼氏ぐらいいても、おかしくはないと思うけど」

かなが言うと、あかねは「そうかなあ」と首を傾げた。

やはり、あかねは見たままの純朴な子のようだ。色恋沙汰には無縁な生活を送っているのだろう。少しだけホッとする。

あかねは顎を持ち上げられながら、「そういうかなちゃんはどうなの」と尋ねてきた。

かなは「私も別になにもないわよ」と即答した。

「まあ、仕事が恋人みたいなものだから」

「仕事?」あかねは首を傾げた。「でもかなちゃん、今はあんまりお仕事してないんじゃなかったっけ」

あかねの忌憚のない突っこみに、かなは「悪かったわね」と顔をしかめた。

ここ最近の黒川あかねは、良くも悪くも遠慮がない。あの日、劇団あじさいの稽古場で、キッチリと腹を割って話したからだろう。彼女は以前よりもずっと、かなに言いたいことを言ってくるようになっていた。

あかねは、「じゃあ」と続ける。

「気になる男の子とかもいないの?」

「別に、いないけど」

かなが首を振ると、あかねはじいっと顔を見つめてくる。まるで、容疑者を尋問する刑事のような鋭い目つきだ。

「本当かなあ……。嘘っぽい。実はいるんじゃない?　気になる男の子」

「いや、本当にいないって」

そう口では答えたけれど、かなの内心では、気になっている男の子がいないわけでもない。ずっと昔、一度会ったきりの子役の男の子だ。

恋愛うんぬんはさておき、気になる男の子といえば真っ先に彼のことを思い出す。あの子は、今もどこかで役者を続けているのだろうか。

「んー……。その反応、長いこと会ってない相手なのかな？　もしかしてかなちゃんの気になる人って、幼馴染み的なやつだったり？」

あかねに尋ねられ、かなの心臓がドキリと跳ねた。やっぱりこの子は鋭い。どんな環境で育ったらこんな洞察力が身につくのだろう。

「べ、別にそういうんじゃないから――」

かなが狼狽えていると、控室の外から声が聞こえてきた。

「いやもう、うちらの演技マジで完璧だったでしょ」

「そうね。オーディションの合格者は私たちのうちのどちらかで決まったようなものね。あのふたりには悪いけれど」

高藤エミリと鈴見リコだ。どうやら、彼女たちの番が終わったらしい。いつものように楽しげにおしゃべりをしながら、連れ立って控室に入ってきた。

高藤エミリの目が、かなとあかねに向けられる。

「お疲れ様。まあせいぜい頑張ってくださいな」

よほど自分たちの演技に自信があるのだろう。まるで勝利を確信しているかのようなその笑みに、かなは思わず心の中で「うわぁ」と辟易してしまった。

ちょっと売れてるからって、調子に乗ったことを言う役者というのはどこにでもいる。

昔の自分を見ているようで、かなは妙な気恥ずかしさを感じていた。

こういう手合いは相手をしないに限る。かなはそう思って無視をしようとしたのだが、あかねが口を開いていた。

「うん、頑張ってくるね。あなたたちよりいい演技をしてくるから」

一切の躊躇も遠慮もなく、あかねはそう言い切った。にこやかな笑顔だ。その目は、まっすぐに高藤エミリへと向けられている。

高藤エミリも鈴見リコも、ぽかんと呆気に取られている。あかねが、こんなにハッキリものを言う子だと思っていなかったのだろう。

変われば変わるもんだな、とかなは思う。いつもおどおどして自信なさげだった彼女が、今では立派な役者の顔をしていた。この一か月で、あかねは自分の殻を打ち破ったのだ。

そしてもちろん変わったのは、彼女だけではない。かなにもその自覚はある。

「あらあらずいぶんと口が悪くていらっしゃるわね、性格良くなきゃ消える世界よ？」

「私、性格良いもん」

あかねは頰を膨らませながら言った。わざとらしい。年相応の子供っぽいフリをしているようにしか思えない。

かなは「そういうのを良い性格してるって言うのよ」と、呆れながらあかねを見やった。

あかねが啖呵を切るのなら、乗ってやるのも面白い。かなはエミリとリコに向けて、不敵な笑みを浮かべた。

「見せてやるわよ。本当に完璧な演技ってやつをね」

※

十分後、劇場ホールにスタッフの声が響いた。

「それでは次は、黒川あかねさんと有馬かなさん。よろしくお願いします」

ようやく来たか――と姫川大輝は居ずまいを正した。今日はこれを観るためにウキウキで劇場に足を運んだのだ。

もちろん先ほどの高藤エミリと鈴見リコも悪い演技ではなかった。だが、大輝が個人的に気になっているのは、黒川あかね・有馬かなのペアの方である。

先月、大輝が劇団あじさいの稽古場で見た彼女たちの演技は、割と正攻法のスタイルで台本（ホン）に向き合っていたイメージだった。高藤&鈴見ペアと同じ方向性である。

黒川&有馬ペアは、あそこからどう演技を仕上げてきたのだろうか。一次審査のときのことを考えると、こちらの予想を大きく裏切ってくる可能性もある。

隣の席に座る虹野もまた、「楽しみですねぇ」と期待している様子だった。

「憑依（ひょうい）型の黒川あかねさんと、自己主張型の有馬かなさん。役者として正反対の気質を持つふたりだからこそ、何を生み出してくるかわかりません。見たことのないような素晴らしい作品になるか、それとも、とんでもない大失敗に終わるか……。どうなることやら」

「ギャンブルっすね、ある意味」

「ええ。ハイリスクハイリターンです。危険だからこそ、組ませた甲斐（かい）がある」

虹野は少年のように輝く目で、舞台に目を向けた。

「さあ、幕が上がります」

徐々に緞帳が上がり、舞台が露になっていく。『慈愛の女神』の《第一幕》は、女神像が置かれた村はずれから始まるのだ。

舞台中央にスポットライトが当たり、大輝はぎょっとする。

そこに佇んでいたのは、黒川あかねだった。先月の稽古で見たときには彼女は「村娘」だったはずだが、配役を変更したのだ。あかねは「女神」として舞台に立っていた。

もっとも、大輝を驚かせたのは、配役変更だけが原因ではない。その出で立ちが、あまりにも想定外だったからである。

「なんだ、あの衣装」

黒川あかねが身に着けていたのは、真っ黒なドレスだった。黒いレース生地でゴシック調。異様に禍々しい印象である。先ほど高藤エミリの演じた白い「女神」とは、まるで対照的な姿だった。

そんな黒い「女神」の足元に、有馬かなが演じる「村娘」が跪いていた。布巾を手に、懸命に像の掃除を行っている。

「『……ああ、こんなに汚れてる。綺麗なお顔が台無しだわ』」

「『しっかり磨いてあげなきゃ。女神様は、いつも私たちを見守ってくれているのだから』」

有馬かなは、鼻歌を歌いながら「女神」の掃除に夢中になっていた。

「『みんなは馬鹿にするけれど、女神様はこの村の守り神だもんね。大切に扱わなきゃ、罰(ばち)が当たっちゃうわ』」

当の「女神」――黒川あかねは「村娘」を見下ろし、ニコリと唇の端を吊り上げている。

「『――ああ、あなたは本当に心の美しい娘なのね』」

黒川あかねの笑みを見た瞬間、大輝はぞくりと、背筋に冷や汗が流れるのを感じた。

怖い。

まず感じたのは恐怖だった。あの「女神」の笑みは、見る者に恐怖を植えつけるようなものだった。高藤エミリの「女神」とはまるで性質が違う。

一方で、有馬かなの「村娘」は、そんな「女神」の邪悪な笑みに、特に違和感を覚えている様子はなかった。一切の疑いもないような晴れやかな笑顔で、「女神」に対して崇拝(すうはい)の眼差し(まなざし)を向けている。大輝には、それがまた奇妙な光景に見えるのだ。

隣の席では、虹野が「ふふっ」と小さな笑みをこぼした。

「どうやら、あの子たちは私の期待に応(こた)えてくれたみたいです」

「期待？」

「まあ、観ていてください」

いったい彼女たちは、この舞台でなにを表現しようとしているのだろうか。気づけば大輝は、舞台上のふたりから目が離せなくなってしまっていた。

※

目の前の「村娘（かなちゃん）」が、じっと「女神（あかね）」を見上げている。

「『女神様がしゃべった……⁉　私に話しかけてくれているのですか⁉』」

「『私の声を聴くことができるのは、心が綺麗な人間である証拠です。この村では、もうあなたひとりだけ』」

あかねは、「村娘（かなちゃん）」に向けて心からの慈愛の笑みを浮かべた。自分は今、身も心も「女神」になりきっている。自分は今、村から忘れ去られようとしている古い「女神」として、「村娘」に相対しているのだ。

これまで独りぼっちだった「女神」にとって、「村娘」は、唯一意思の疎通ができる相手である。孤独な「女神」が「村娘」に対して抱く感情は、ただの優しさだけではないのかもしれない。

それはあかねがあの日、かなちゃんに説明したことだ。


「——台本（ホン）を読んで思ったこと？」

劇団あじさいの稽古場で、かなちゃんが聞き返してきた。

姫川さんが稽古場にやってきて、あかねたちの稽古を見ていた日のことだ。彼は「台本に違和感がある」とだけ告げて、そのまま帰っていった。

あのとき、あかねもまた姫川さんと同じような感想を抱いていたのだ。この『慈愛の女神』には、なんとなく裏の意味がある気がする。そんなことを考えていた。

不思議そうな表情のかなちゃんに、あかねは「うん」と頷いた。

「このお話って、実はものすごく意地悪なのかなって」

かなちゃんは「意地悪？」と首を傾げた。

「どういう意味よそれ。この話って、真面目に女神様に尽くしていた村娘が報われるわけでしょう？　逆に、女神様を邪険に扱ってた村人たちには罰が当たって……めちゃくちゃわかりやすい勧善懲悪じゃない。これのどこが意地悪なの？」

「えっと、それもひとつの見方なんだけどね」

あかねは台本を開きながら、かなちゃんに告げた。

「ほんとに、『村娘』はラストで報われてたのかなって」

「え？」

「だって、他の村人はみんな火事で焼け死んじゃうわけでしょ？　それでひとりだけが生き残るって、ものすごく可哀想じゃない？」

あかねの言葉に、かなちゃんは眉をひそめた。じっと考えこむように、顎先に手をやっている。

「それはまあ……そうだけど」

「姫川さんも言ってたけど、『女神』が単純に優しいだけじゃなく見える理由って、そこにあると思う。奇跡の力で『村娘』を救ったのも、単なる善意じゃないと思うんだ」

かなちゃんは「善意じゃない？」と、あかねの言葉を反芻（はんすう）した。「じゃあ、なんだっていうの？」

「たぶんだけどあれは、『女神』が『村娘』を支配したかっただけなんじゃないのかな」

かなちゃんは「支配？」と、半信半疑の様子だ。

しかし、あかねにはそうだとしか思えなかったのである。

あの女神にとって村娘は、なによりも大事な存在なのだ。ただひとり意思疎通ができる相手だから、というだけではない。村娘は、盲信的に自分に尽くしてくれるたったひとりの人間なのだから。

女神は、そんな村娘を完全に掌握することを考えた。それが《第二幕》の火事での出来事である。女神は、他の村人たちという邪魔な要素を排除することで、村娘を自分だけのものとすることを目論んだのだ。

「さも自分が味方であるかのように村娘を洗脳して、思うがままに操る。女神っていうより、それはもう悪魔の所業かもしれないね」

「そうね……。アンタの言うことにも一理あるわ」

かなちゃんが、険しい顔で続けた。

「なにしろ、あの虹野修吾の書いた台本だしね。あのオッサン、そういう捻くれた解釈大好きだから」

あかねは「だよね」と苦笑した。「『慈愛の女神』ってタイトル自体が、そもそもミスリードを誘ってる気がする。愛は愛でも、これは歪んだ自己愛の物語だよ」

「そう言われればそうかもね」かなちゃんが、大きなため息をついた。「ほんと、たしかにこれは意地悪な話だわ」

一見わかりやすい勧善懲悪モノに見えても、よく考えてみると中身は全然違う。まるで、書いた人の底意地の悪さがにじみ出ているようだった。

「だからね」あかねは内心の緊張を押し殺しながら、続けた。「この『村娘』役は、私じゃなくて、かなちゃんこそがやるべきだと思ったんだ」

「は？」

かなちゃんが、再び首を傾げた。今度はこの子、何を言い出したの——そう言わんばかりの不可思議そうな顔だった。

※

有馬かな、そして黒川あかねのオーディションは、《第二幕》を迎えていた。

村が炎に包まれるシーンである。村人役の役者たちが苦悶(くもん)の声をあげる中、「村娘」を演じるかなは、必死の表情で炎の中を逃げ惑っていた。

「『はあっ……はあっ……！　早く、女神様のところに行かないと……！』」

かなは息せき切って、舞台袖から走り出た。わき目もふらずに、まっすぐ女神像を目指している。自分の家族や村人たちより、女神様の方が大事。かなは、そんな「村娘」の強烈な信仰心を、所作で徹底的に表現しようとしていた。

かなは「女神」像のもとにたどり着き、頭を垂れる。

「『女神様、お願いです！　このままでは村が燃えてしまいます！　どうかお救いください！』」

「『残念ですが、私の力ではこの村を救うことはできません。この村は、今宵滅びる運命にあります』」

黒衣をまとった黒川あかねが、神妙な口調で告げた。口元に微かな笑みを浮かべているのは、「女神」が隠した真意の表現である。彼女の笑顔には、「これで『村娘』を独占できる」という暗い悦びが見え隠れしていた。

あかねの演技は、実に堂に入ったものだった。かなの目にも、まるで本当に悪い女神が目の前にいるかのように思えてしまう。

普段は大人しくて影の薄いタイプなのに、舞台に立った彼女は、見違えるように生き生きとしていた。よっぽど舞台が好きなのね――と、かなは思う。

人に評価されるとかされないとか、仕事がお金になるとかならないとか、この子の中ではなにも関係がないのだ。黒川あかねはただ心の底から芝居が好きで、なにかを演じることに全力で没頭している。

正直、羨ましいな、と思う。きっとあかねはこれから、皆に愛されるような役者になるのだろう。それはおそらく、かなとは全然違う道だ。

「『あなたは心の美しい娘』」あかねが、かなを見下ろしている。「『この女神のために尽くした優しさに報いて、あなたの命だけは救いましょう』」

あかねは、穏やかな笑みを浮かべ、まっすぐに舞台袖を指した。

「『この先の道には、危険は及びません。まっすぐに走れば水場にたどり着きます。そこで火の手が収まるのを待つのです』」

「『あ、ありがとうございます、女神様！』」

かなは「女神」に命じられるまま、その場から立ち上がった。彼女の言葉を疑いもせずに、言う通りに走り出す。

なんとも哀(あわ)れね——と、かなは思う。この「村娘」は、自分が単に「女神」の自己愛を満たす手段とされていることを知らない。愚(おろ)かにも、女神こそが自分を救う唯一の存在であると信じこんでしまっているのだ。

まったく、呆れるほどに自分そっくりだ。それをあの子に指摘されたときは、本当に頭にきたけれど。

「——この『村娘』役は、私じゃなくて、かなちゃんこそがやるべきだと思ったんだ」

三週間前、劇団あじさいの稽古場でのやり取りである。あかねにそう言われたとき、かなは「は？」と首を傾げてしまった。

どうしてあかねがかなを「村娘」役に推すのか、その理由がさっぱり理解できなかったのである。

「その……『女神』が実は『村娘』を独占しようとしてるって解釈は悪くないと思うわよ。でも、だからってなんで、私が『村娘』役をやるべきなのよ？」

あかねは「それは……」と言いかけ、そこで言葉を切った。なにかを躊躇(ためら)うようにかなを見つめている。

しかし、あかねが黙っていたのもほんの数秒ほどだった。彼女は意を決した表情で、口を開いた。

「かなちゃんは、操り人形だから……この『村娘』みたいに」

「操り人形？」

あかねの言わんとしていることの意味がわからない。かなは首を捻ってみせると、彼女は真面目な顔で続けた。

「かなちゃんは、お母さんの操り人形にされてるんだよね」

その言いように、かなは思わず口をあんぐりと開いてしまった。

自分がママの操り人形？　本当にこの子は、なにを言っているんだろう。

「ちょ、ちょっと待って。いったいなんの話？」

「かなちゃんが、がむしゃらに芸能界で頑張ってた理由。お金と視聴率を稼ぐために、出来レースのオーディションにも出なきゃいけなかった理由。それって全部、お母さんに言われたから、なんだよね」

あかねの鋭い目が、まっすぐにかなに向けられる。かなちゃんのことはお見通しだよ、とでも言いたげな黒い瞳。

「あ……」

その視線を向けられた瞬間、かなの頭の中でブチリとなにかが切れる音がした。

「アンタになにがわかるのよ！　知った風な口聞くな！」

しかしかなが声を張り上げても、あかねはまったく動じずに、落ち着いた声色で、「わかるよ」と頷いた。

「調べたから」
「調べた？」
「私ね、かなちゃんのことがもっとよく知りたかったんだ。それでね、色んな人に話を聞いて回ったの。かなちゃんが所属してた事務所の子とか、テレビ番組のスタッフさんとか……。もうね、思いつく限り手あたり次第聞いて回ったんだよ」

情報収集のためには使えるものはなんでも使えって、うちのお父さんも言ってたし——とあかねは続ける。

「それで、わかったんだ。かなちゃんが、仕事でだいぶお母さんに口出しされてるんだって。ここ数年、音楽とかバラエティの仕事に手を出してたのもそうなんでしょ？　お母さんの顔色を窺いながら、仕方なく仕事をしてるって」

かなは思わず息を呑んだ。この子の行動力は子供のそれじゃない。

たしかに、かなと母親（ママ）のことは、調べればわかることではある。しかし、自分と同じ十二歳の女の子が、短期間でここまで調べ上げられるとは思わなかった。だいたいかながこの子と初めて顔を合わせてからまだ、それほど時間が経ってるわけでもないのに。

この黒川あかねという少女、すっかり真面目で大人しい子だと思っていたが、それはとんでもない誤解だったのかもしれない。正直、空恐ろしいものすら感じる。

「アンタ、マジでなんなの。これもうストーカーの域よね。どうしてここまで……」
「言ったでしょ。知りたかったって。オーディションとはいえ、同じ舞台で共演するんだもん。かなちゃんがなにかに悩んでるなら、それを知って、力になりたかったの」

かなは「余計なお世話なのよ」と舌打ちした。

自分の問題は、自分でなんとかする。そのためにかなは、土下座までして今回のオーディションに挑戦しているのだ。

だいたい、ママのことは他人にとやかく言われるようなことではない。

「アンタ、なんにもわかってないわ。私は別に、ママのために仕事をしてるんじゃない。ぜんぶ自分の意志よ。自分のために仕事をしてるの」

「かなちゃんからすれば、そうなんだろうね」あかねは表情を変えずに続けた。「この『慈愛の女神』の『村娘』も、きっと同じように答えると思う。自分が女神様のお世話をしてるのは、自分の意志。決して女神様に強制されてるわけじゃないって」

「なにが言いたいの？」

「かなちゃんは、お母さんに心の底から支配されてる。『村娘』と同じくね。そんなのは操り人形だよ。自分の人生を生きてない」

あかねのあまりに明け透けな言いように、かなの頭の中は再び一気にカッと熱くなった。黒い炎が、脳みそを焼き尽くしてしまうかのような感覚。かなは激情のままに、あかねの胸倉をつかみ上げた。

「なんなのよアンタ！　人のことバカにするのもいい加減にしなさいっ！」

「怒るのは、図星だから……だよね。何が好きで何で怒るかで、人ってわかるんだって」

茜空（あかねぞら）の様に昏（くら）く燃える瞳が、静かにかなを射抜いていた。

かなを糾弾（きゅうだん）している様子もなければ、同情している様子もない。感情の読めない視線で、淡々と彼女は続けた。

「かなちゃんは優しいんだよ。優しいから、お母さんの願う〝かなちゃん〟を目指しちゃうんだよね。芝居が好きな自分を押しこめて、歌やバラエティの仕事を必死に頑張ろうとして」

あかねが言うことは妙に正しかった。だからこそ手のひらに怒りが籠(こ)もる。

かなだって、芝居を自分の一番にしたい。舞台の上で、誰の目も気にすることなく自分の感情をさらけ出したい。実力で獲(と)った綺麗な仕事だけで気持ちよく仕事ができたらといつも思っている。だけどそんな上手(うま)くいくことばかりじゃない。この世界は汚いことも黙って飲み込まなきゃいけないことばかりなのに。この子ときたら――。

そんなことを考えていると、ふと、昔のことが頭をよぎった。

――あの人変なこと言うんだよ。このオーディション。かなちゃんを選ぶことはもう決まってるって。

それはかつて、とある少女に言われた言葉だった。かなとちょうど同い年くらいで、髪型も同じ、似たようなベレー帽を被った女の子。子役の世界では珍しくもなんともない、有馬かな(じぶん)のファン。

彼女と出会ったのは、かながもっと小さかった頃、ドラマの子役オーディションを受けたときのことだった。

そのときのオーディションは、形ばかりのもの。そのときかなを選ぶことは、最初からテレビ局と事務所の間で決まっていたのだ。

いわゆる〝出来レース〟である。

あのときの少女は、そんなことをまったく知らず、かなに声をかけてきたのだ。それですごく、嫌な気分になったのを覚えている。

そもそもかな自身、出来レースというものが大嫌いだった。そんな風に役を獲るのは、プライドが許せなかった。

私は努力している。かなにはそういう自負があった。学校のみんなが校庭で遊んでる間も稽古を続けて、失敗と後悔があって、成功と発見があって、必死に積み重ねてきたのだ。人の心を動かすための、芝居の技術を。

オーディションはそれを問う場だ。積み重ねの努力を評価する場所だ。オーディションを否定することは、私が積み重ねてきた努力を否定することだ。ばかにすることだ。

ママだって、かつては星野アイを見てこう言っていた。

——あの人はコネで役を獲ったんだって。かなちゃんはすごい女優さんなんだから、そんなカッコ悪い真似しちゃだめよ。

天才子役の〝かなちゃん〟がしっかり売れていて、優しかった頃のことだ。

しかし年月は過ぎ、かなの仕事が減るにつれて、ママは変わった。コネを否定していたママが、出来レースの仕事を持ってくるようになった。

もう昔のママはいないんだと気づいた。

——いい、かなちゃん。テレビ局にとって必要なのは、いい演技をする子役より、知名度の高い子役なのよ。

――ママがかなちゃんのためにこのお仕事を取ってきてあげたんだからね。しっかりやりなさい。

ママにそう言われてしまえば、かなはもう逆らうことはできなかった。駄々をこねて、ママの機嫌を損ねてはならない。従うほか、ない。

オーディション会場には、当然ながら他の子たちの姿もあった。形だけのオーディションとはいえ、体面を整えるために参加者を募っていたのだろう。

その中に、その親子連れの姿があった。

かなソックリの服装の女の子が、母親と一緒に会場に来ていたのだ。まるでピクニックでも行くような調子で、仲良く手を繫ぎながら。

その子の母親は、優しそうな笑顔を娘に向けていた。

――演技、楽しみにしてるね。

――上手くいってもいかなくても、どっちでもいいからね。楽しんできてね。

そんなことを母親に告げられ、女の子は「うん！」と明るく頷き返していた。母親に怒鳴られたことなんて一度もないような、無垢で純粋な笑顔で。

きっと彼女の家庭のリビングは、温かいのだろう。

そんな幸せそうな子が、自分の真似をしている。憧れている。なんて皮肉な話だろうか。

こんな自分なんて、真似をする価値なんてないというのに。

オーディションを穢して、大好きだった芝居を裏切って、親の顔色だけを窺う操り人形で。なにより忌み嫌ってた出来レースなんてしちゃって。

あの日のかなの中に渦巻いていたのは、そんな言葉にできない感情だった。

——あの人変なこと言うんだよ。このオーディション。かなちゃんを選ぶことはもう決まってるって。なにかの間違いだよね？　かなちゃんはそんなズルしないよね。

無邪気な顔して、そんなことを聞いてくる。どうせ知ってるくせに。ここはそんなことがまかり通る業界だってことくらい。

——してたらなんなの。

彼女の顔は張りついた。

あなたが戦っていく場所は、そういう場所よ。卑怯者が得をして、利害関係で回る世界。知らなかったですむ世界じゃない。知らないなら教えてあげる。こういうのを、出来レースっていうのよ。

——かなちゃんはそれでいいの？

——いいに決まってるでしょ。仕事もらえるんだから。

いいわけない。いいわけあるはずない。

それでも私の口は逆のことを言う。

だってそれを否定してしまったら、私のしていることは、なんだというのだ。

プライドもなにもかも捨てて、こんな惨めなことをしてる私は、私のママは、いったいなんだというのだ。

思い込まなければいけない。自分をダーティーで器用に立ち回る商業タレントだと。

仕事を円滑に回して、綺麗事だけじゃない世界で上手く立ち回ってるビジネスマンだと。

言わなければいけない。思い込まなければいけない。そうでなければ私はもう、やっていけないのだから。

――演技なんかどーでもいいの！

自分が最も大事にしていることを、否定した。

それはいつか、ママに投げつけられた言葉だった。心が張り裂けそうな思いをさせられたその言葉を、かなは自分に言い聞かせるように、叫んだ。

彼女の目は見たくなかった。まっすぐに、あの頃の私のように芝居がただまっすぐに好きで。汚いことなんて自分と関わりないことだと信じてた、あの頃の私みたいな目を。

――ちがうでしょ？

彼女は諭すように言う。

――本当はそんなこと思ってないでしょ？

まだ、私をそんな目で見るか。そんな憧れの目で、すがるような目で。ばかみたいだ。本当にこの子は救いようがない。

性格が悪くて、どんどん仕事がなくなって、プライドもなく、数字だけにこだわる商業主義の犬に成り下がった私を、そんな私を崇（あが）めてどうする――。

かなは、その子の帽子を叩き落とした。

「天才子役有馬かな」の記号。そしてそれを崇拝（すうはい）した象徴。それを有馬かなは否定した。

――私はアンタみたいなのが一番嫌い！

かなが本当にその言葉をぶつけたかった相手は、あの子ではなく、自分自身。

私は私みたいなのが、一番嫌いだった。

私みたいになんて、なっては駄目だ。こっちに来るな。どうしてまっすぐ進まない。

こっちに幸せなんかない。そのままでいい。そのまま行って。

あの日、あの幸せそうな少女に感じていたのは、そんな煮えたぎるような感情だった。

幸せそうな少女への嫉妬だった。

芸能界の先輩としての優しさだった。

もう戻れない自分への絶望だった。

——わたしの真似なんかするな。

そう言うと、ついに少女は言葉をなくした。一息飲んだあと少女を背にし、かなは歩き始める。少女は泣いていた、かなは涙を必死にこらえた。

どうしてあの子のママは、あんなに優しいんだろう。怒ってプレッシャーをかけたりしないんだろう。

きっとオーディションに落ちたあとは、優しく抱きしめてもらえたんだろうな。私だってオーディションに落ちたら死ぬほど悔しくて、叫びたいほど悲しくて、誰かに抱きしめてもらいたいのに。

どうして私のママは、私を愛してくれないんだろう。

かなの胸の中には、あの日に感じた辛い思いがまざまざと蘇っていた。

「演技なんてどうでもいい。そんなのは嘘だよね」

目の前に居る少女は——黒川あかねは、あの日の様にただ好き勝手言われるだけの存在ではなくなっていた。

「そうよ……！　私は、自分の気持ちを誤魔化してきた。でもそんなの……仕方ないじゃない」

かなは、あかねを強く睨みつけた。

「いくら芝居がやりたくても、売れなきゃしょうがないでしょう。有馬かなが売れなくなったのは、私のせい。誰のせいでもない。誰のせいにしてもいけない。何もかも自分が悪いんだから……！」

「それって、かなちゃんが悪かったのかな？」

「え？」

「かなちゃんのお仕事が減ったのって、本当にかなちゃんだけのせいだったのかな」

かなは「なに言ってんのよ」と鼻を鳴らした。

「全部自分のせいに決まってるでしょ。私、態度悪くて有名だったんだから。そこかしこでNGも食らってるみたいだし？　誰も使いたがらないのは当然でしょ」

「その件は私も知ってる」あかねが頷いた。

「でも、現場でかなちゃんが煙たがられてた理由は、かなちゃん自身のせいじゃないよ」

「なんでそんな、断言できるの」

「いろんな人の話を考えた結果だよ。正確に言えば敬遠されてたのは、かなちゃんじゃなくて、かなちゃんのお母さんだったんだと思う」

かなは黙り込む。この子が何を言うか、心当たりはあった。

あかねは淡々と説明を続けた。

「かなちゃんのお母さん、だいぶかなちゃんの仕事現場に口を出す人みたいだね。事務所の方針に口出ししたり、演劇の舞台監督に文句を言ったり、テレビ局のプロデューサーと口論したり……。ステージママっていうのかな。そうやって口出しするの、昔からしょっちゅうだったみたいじゃない」

「それは……ママが、私のこと大切に想ってくれてるからよ」

「もしかしたら、最初はそういう気持ちもあったかもね。でも世の中、子どもの行動を支配したがる親は、本心では自分のことしか考えてないケースが多いって本で読んだ。『子どものため』と言いつつ、子どもを思い通りに動かすことで、満たされなかった自分の欲を埋めようとしているの。いわゆる毒親っていうやつだよ」

かなは言葉に詰まった。子どもを思い通りに動かして、満たされなかった自分の欲を埋める——それはまさに、かなのママそのものだった。

あかねは「とにかく」と続ける。

「かなちゃんのお母さんのやってることは、明らかに度が過ぎてた。現場のスタッフだって相当やりにくかったと思うよ。私もこんなことあまり言いたくないけど……『有馬かなが使いにくい』って思われちゃってたのは、ほぼほぼお母さんのせいだと思う」

かなは黙ったまま、じっとあかねを睨みつけた。しかし彼女は揺るがない。目を逸らさず、じっと視線を受け止めている。

かなとて、そんなことには気づいていた。ママはたしかに、現場で厄介者として扱われてしまっている。事務所もテレビスタッフたちも、いつも辟易した様子だったのを覚えている。

かながそんなママの行動に目をつぶってきたのは、自分がママの夢を奪ってしまったという罪悪感があったからだ。かなさえいなければ、ママだって本当は、芸能界で大きな顔ができる立場だったのかもしれない。それを思うと、強く出られなかった背景がある。

「ママだけが悪いんじゃないわよ。私だってもっと小さい頃は、周りをドン引きさせるくらい酷いワガママ言ってたし」

「それだって、お母さんが周りにそういう態度を取っていたからでしょう？　子どもは親の背中を見て育つっていうし。かなちゃんも、そんなお母さんの横暴な態度が普通だと思っちゃっただけなんだよね？」

違う――と反論することはできなかった。あかねの言っていることは、何ひとつ間違いがなかった。

幼い頃、自分が現場でわがまま放題に振る舞っていたのは、それが当然のことだと思っていたからだ。ただママの真似をしていただけ。それが悪いことだとも思わなかった。その結果、多くの人々に見限られることになったのは、苦すぎる記憶だった。

あかねは「辛かったよね」と、眉尻を下げた。

「お母さんがそんな状態だから、かなちゃんの周りには誰もいなくなった。お父さんも家を出て行っちゃったみたいだし、事務所だってまともに対応してくれない。誰にも相談できないから、かなちゃんはやっぱりお母さんに縋るしかなくなって――」

「だったらなんだってのよ！」

かなは、あかねの言葉を遮った。

「私がもう人生詰んでるのなんて、アンタに言われなくてもわかってるわよ！　さっきからなんなの⁉　そんなに私を追い詰めて楽しい⁉」

「別に、追い詰めるつもりはないよ。かなちゃんとお母さんとの関係なんて、私に口出しできることじゃないもの。ただ、使えるよって教えてあげたかっただけ」

かなは「使える？」と首を傾げた。

一瞬なにを言われているかわからなかったが、ふと気づく。

あかねは先ほど、かなを操り人形なのだと言った。今回の課題の「村娘」と同じように。

「もしかして『村娘』を演じるのに、私の境遇が利用できるんじゃないかって言いたいわけ？」

「うん」あかねは、しれっとした表情で頷いた。「かなちゃんは、ひとりぼっちで泣いている『村娘』。だから、お母さんという『女神』に縋ることしかできなかった」

「ほんとにアンタ、訳知り顔で言いたいこと言ってくれるわね……！」

「だって実際、知ってるもの。私かなちゃんのこと、たくさん調べて、じっくりじっくり考えたんだよ？　もういっそ、自分のことよりも、かなちゃんの内面の方がよくわかってるくらい」

あかねは冗談っぽく、小さな笑みを浮かべた。

「役作りに必要なものをかなちゃんは最初から全部持ってる。使わなきゃ損だと思うよ」

「使わなきゃ損ってアンタ……」

かなは思わず呆れてしまった。あかねはかなの境遇に対して、同情するでも批判するでもなく、ただ演技の肥やしにしろと言っている。

ああ、なるほど――と、かなはようやく納得できた。この子、根っからの演劇脳なのだ。一次審査の演技を見たときからなんとなく思っていたが、あかねは真面目な優等生に見えて、どこか頭のネジが外れている気がする。発想が普通じゃない。

あかねは「というか」と続けた。「今回の課題ってもしかしたら、かなちゃんのために用意されたものなのかもしれない」

「私のために？」

「あの虹野修吾さんだったら、このくらいやりかねないよ。かなちゃんの状況を知ってて、あえてこの台本をぶつけてきたんじゃない？」

そう言われて、かなも納得する。あのひねくれた演出家なら、そのくらいのことを仕掛けてくる可能性はあるかもしれない。

「でも」かなは、あかねから目を逸らした。「私には、『村娘』はできないわ。どうしても『女神』をやらなきゃならないの」

「どうして？」

あかねの問いに、かなは黙りこんだ。その理由を説明したら、負けた気分になる。あかねの考えが正しいことを認めてしまうようなものだからだ。

しかし、かなが黙っていたところで結果は同じだった。この聡い女の子には、かなの抱えている事情など丸わかりだったようだ。

「お母さんに『女神』をやれって言われたんだね。そっちの方が目立つから」

そこまで指摘されれば、かなも「そうよ」と頷くことしかできなかった。

「私はね、もう失敗できないの。ママの言った通りにやらなきゃ、もうママを悲しませたくないの」

「そっか」あかねが軽くため息をついた。

「かなちゃんにとってはいい芝居をすることより、お母さんのご機嫌を取ることの方が大事なんだね」

あかねの言葉には、かなの心臓をえぐるような鋭さがあった。なぜこんなに痛いのかは、自分でもわかる。芝居か、ママか――。それはかなが、今まで目を逸らしてきた大事な命題だったからだ。

「怖いんでしょ？　お母さんに逆らうのが怖いんでしょ？　もう怒鳴られるのは嫌なんでしょ？」

あかねの口ぶりには、もはや遠慮はなかった。初対面のときの内気な印象とはまるで違い、言いたいことをずけずけと口にしている。

徹底的に人を分析し、その心の裏側を暴く。おそらくは、これが彼女本来の他者との関わり方なのだろう。

「ママに捨てられるのが、怖くて怖くて——」

だけど——と、かなは思う。

この子の言っていることには、致命的な間違いがある。

※

かなちゃんが「ふふ」と、肩を揺らした。

いったいどうしたんだろう。黒川あかねが顔を覗きこもうとしたそのとき、かなちゃんは突然、「あはははははははは！」と甲高い笑い声を上げた。

顔は笑っていても、その目の奥には強い憤りの色が見える。あかねは思わず息を呑んだ。

「アンタ、な——んにもわかってないわね」

ふうとため息を一つ吐く。かなの声色は明るいが、目が据わっている。その目には、失望と軽蔑の色が交じる。

「そうやって人のこと調べ上げて、他人のこと理解したつもり？」

「え……？」

かなちゃんは「そうよ」と鼻を鳴らした。「確かに私のママはおかしい。いつも人様に迷惑ばっかかけて、周囲に疎まれて。それでも自分が絶対に正しいと思いこんでる」

「だったら——」

そう言いかけたあかねの言葉を、かなちゃんは「でも」と遮った。

「アンタがわかったと思いこんでるのは、ママのことだけ。私のことはなにも見えてない。わかった気になってるだけよ」

「わかった気になってるだけなんて、そんなこと……！」

あかねは気圧(けお)されないよう、必死に声を張った。

かなちゃんに関する情報は、可能な限り徹底的に調べ上げたはずだった。色々な人たちから話を聞いて、あかねなりに情報をまとめあげた。かなちゃんが母親に逆らえない立場に置かれていることは、間違いないはずなのだ。

「私は、しっかりお父さんからプロファイリングのやり方を習ったの。これは統計学に基づいた客観的な分析手法で——」

「はっ、プロファイリング？」

かなちゃんの目が、冷たく細められた。

「そのプロファイリングとやらによれば、私はこわ——いママのいいなりで？　性格悪く育っちゃったのもママのせいで？」

かなちゃんが「で？」と、あかねに詰め寄った。ナイフのように鋭い眼差しで、下から睨み上げている。

「それで出た結論が、ママに怒鳴られるのが怖くて従ってる？」

あかねは「そうだよ」と頷くつもりだったのだが、それよりも一瞬早く、かなちゃんが声を張り上げていた。

「ばっっっっかじゃないの!!」

叫び声が、稽古場に反響する。かなちゃんの剣幕に、あかねは全身の肌がビリビリと震えるのを感じた。

「そんな単純な話じゃない!!　人間はそんなに浅くない!!」

かなちゃんは、あかねをつかみあげる手に、ぐっと力をこめた。

「アンタにはわからないんでしょうね!　さぞかし優しい家族に囲まれて、助けてって言えば手を差し伸べられて……今夜の夕食はシチューですか!?　いいですね!　なにもかも満たされて、心が飢えることもない!」

「それは……」

「アンタに私の気持ちなんて、絶対に理解できない!!」

かなちゃんの指摘に、あかねはなにも反論することはできなかった。今まで深く考えたことはなかったけれど、あかねのお父さんもお母さんも、小さい頃から良くしてくれている。かなちゃんに比べればずっと、幸せな家庭で育ったのは事実だ。

かなちゃんは、声を震わせながら続けた。

「あんたにわかる?　親が浮気してるってわかったら、浮気が悪いことって思えなくなる気持ち。親が出来レースを肯定したら、子どもも肯定してしまう気持ち。ねえ、なんでこうなっちゃうのか、言ってみなさいよ」

かなちゃんの問いに、あかねは必死に頭を捻った。どうしてかなちゃんは、親の言うことに逆らえないのか。そんなの、「親が怖いから」以外に答えがあるのだろうか。

あかねは「えと……」と考えを絞り出す。「親に洗脳されて……?」

かなちゃんは「ふざけんじゃないわよ！」と、あかねを突き飛ばした。稽古場の床に、どん、と尻もちをついてしまう。

かなちゃんは、なんでこんなに怒っているんだろう。痛みと混乱で、あかねの頭は今にもどうにかなってしまいそうだった。

尻もちをついたあかねを、かなちゃんがキッと強く睨みつける。

「アンタ頭いいのに、なんでそんなこともわからないのよ！」

「そ、それは……」あかねはごくりと唾を飲みこみ、続けた。「しょうがないよ。プロファイリングも絶対じゃないもん。集めたデータに間違いがあったら、導きだされる人物像も歪んじゃって……」

「それって、アンタが大好きなパパの真似？」

かなちゃんの声色が、氷のように冷たくなった。ぞくり、と背筋に冷や汗が流れる。

「プロファイリングごっこで人の親を毒親呼ばわりして理解者気取りは、さぞ楽しいでしょうね」

「理解者気取りなんて、そんなつもりは……！」

あかねはただ、本心からかなちゃんを理解したかっただけなのだ。もっと仲良くなるために、かなちゃんの気持ちを知りたかった。ただそれだけだったのに。

しかしそんなあかねの思いが、かなちゃんの心を逆撫でしたようだ。

かなちゃんは、冷徹な表情で続けた。

「あんたは自分ってのがないのよ。だから簡単に他人になりすまそうとする」

「え？」

「自立してないの。自分ひとりじゃ何もできないの。傷つきやすいから、他人という殻を被る臆病者。透けてんのよ、傷つきたくないから他人を理解したいっていう魂胆が」

次々とぶつけられる辛辣な言葉に、あかねの頭の中は真っ白になってしまっていた。

あかねには自分がない。だから、人を知ろうとする。真似ようとする――。かなちゃんの指摘は、あかね自身もおぼろげに自覚しているところだった。

かなちゃんの言う通り、黒川あかねは傷つきやすくて、どうしようもなく弱い人間だ。そんな自分から目を逸らす手段が〝真似っこ〟だったというのは、なにも否定できない。

だからこそあかねはかつて〝かなちゃん〟に憧れ、そうありたいと願ったのだ。満面の笑顔でみんなを照らすような、素敵な女の子になりたい、と。

しかし今、そのかなちゃんは、汚物でも見るような冷たい目であかねを見ている。

「あんたそもそも、マトモじゃないのよ。学校ではさぞ浮いてることでしょうね。あまりにも他人の気持ちがわからないから、人の精神のお勉強とかしてんでしょ」

人間のフリしたいだけでしょ――と、かなちゃんは吐き捨てた。

あかねがショックを受けたのは言うまでもない。まるで、「お前は人間じゃない」と言われているようなものだったからだ。

しかし、もしかして――とも思う。言われたことに心当たりがありすぎた。他人の心の機微に気づくことができない。そんなことは日常だった。ささいなすれ違いや、食い違いで人から嫌われることなんて日常茶飯事だった。だから知りたい。嫌われずにすむように。

誰かに捨てられるのが怖い。それは自分自身の、心の大部分を占めている気持ちだった。

だから、かなちゃんも同じだと思った。

だからかなちゃんもママに捨てられるのが怖いのだろうと、そう勝手に思ってしまった。

かなちゃんの言う通り、自分は人間じゃないのかもしれない。人の心がわからない人間なんて、マトモじゃないのかもしれない。

私はマトモじゃない。

そう思い至った瞬間、全身の血の気が、さあっと引いていくような思いがした。

だからかなちゃんとも、他の人とも、上手く関わることができないんだ——。

「私はね、いつだって自分の中にあるものだけで戦ってきた。他人の持ち物で勝負するアンタとは違う」

かなちゃんが、「はっきりわかった」と続けた。

「私はアンタが嫌い。演じ方も生き方も相容(あいい)れない。生半可(なまはんか)なプロファイリングで、人の家庭わかった気になってんじゃないわよ！」

かなちゃんの言葉はもはや、あかねにとっては死刑宣告にも等しい一言だった。ただ知りたいと願ったことが、こんなにも彼女を傷つけてしまうことになるとは思わなかった。

そして他人の心に踏み込むことが、悪いことだとも思っていなかった自分に気づいた。

あかねは、顔を上げることができなかった。目の縁から溢れた涙が、ぽたぽたと稽古場の木目を濡らしている。

※

黒川あかねが肩を震わせているのを見て、有馬かなは「ふん」と鼻を鳴らした。

この子の分析には驚かされた部分もあったが、結局詰めが甘い。しょせんは子供の付け焼き刃。肝心な部分をはき違えてる。理解できていない。

「私は……ママが怖いから、言いなりになってるわけじゃない」

ただ、「よくやったわね、かなちゃん」って抱きしめてほしいだけ――。どこにでもいる普通の親子みたいに、愛してほしかっただけ。

たったそれだけのこと。

あかねにはきっと、かなの思いは理解できないだろう。これまで自分の人生を散々に振り回してきた親に「愛されたい」だなんて、理屈じゃ容易には説明できないことだ。

かなが手に入れられないものは、黒川あかねにとっては簡単に手に入れられるものだ。だからこそ、彼女にはかなの悔しさを理解することはできない。

かなの鼻がツンと痛くなる。溢れそうな涙をこらえる。舞台以外で泣いちゃいけない。仮面を外しちゃいけない。

かなが嗚咽をこらえようとしていると、あかねがぼそりと呟いた。

「そうだよ、私はマトモじゃない……。かなちゃんの言う通り、人の心なんてぜんぜんわからない……」

あかねは、床の上でぎゅっと拳を強く握っていた。細い腕が、ふるふると震えている。

「でもそれを言ったら、かなちゃんだって同じじゃない……！」

「は？」

「上から目線で知った風なことズケズケ言って！　挙句の果てに人を異常者扱いして！

あなたは何様なの⁉」

あかねの潤んだ目が、かなを睨みつけた。

思わずかなは、狼狽えてしまった。これまでの彼女とは面持ちが違う。今の黒川あかねは、明確な敵意をかなにぶつけようとしている。

「かなちゃんだって知らないでしょ⁉　私が前にかなちゃんに言われた言葉で、どれだけ傷ついたかって！」

「前ってなんのことよ？　ちゃんと人間の言葉で喋んなさい」

かなが尋ねても、あかねはろくに答えようとはしなかった。大きく肩を上下させながら、

「どうでもいい」と、ふいと顔を背けてしまう。

かなは「ふう」とため息をついた。

「ええ、そうよ。アンタの言う通りよ。私の性根が歪んでるのなんて、いまさら言われるまでもないわ」

あかねは鼻をすすり上げつつ、「そうだね」と頷いた。

「はっきり言って歪みまくってる。そもそも、そんなかなちゃんを理解しようとしたことが間違いだったかもしれない」

その涙交じりの声色には、かなに対する拒絶の意思が表れていた。

もうオーディションどころの話じゃないわね——と、かなは思う。有馬かなと黒川あかねは、ありとあらゆる要素が相容れない。ふたり舞台での共演なんて、最初から土台無理だったのだ。

かなはそう思っていたのだが、あかねは意外なことを口走った。

「私もかなちゃんも、全然マトモな人間じゃない。でも、だからこそ——この『慈愛の女神』にはピッタリなのかなって」

なにしろ台本自体がマトモじゃないからね——あかねは、表情を変えずに呟いた。

かなは「え?」と、耳を疑った。

あれだけ言葉で叩きのめして、しかも泣かせてしまった相手が、まだ自分と共演する気でいる。それはかなにとって、驚くべきことだった。

この子のことが、心底よくわからない。

「アンタ、本気で私と一緒に舞台に立つ気なの?」

「そうだけど、どうして?」

あかねは練習着の袖口で目元を拭い、かなを見上げた。

「かなちゃんはムカつくし、もう全然好きとかじゃないけど……そんなの別に、お芝居には関係のないことだから」

「関係ないって」

「さっき、かなちゃんの言ったとおりだよ。私は弱い人間で、傷つくことがすごく嫌だから。だから〝真似っこ〟に逃げてるの。私には、最初から芝居しかないの」

「芝居しかない、ね……カッコつけたこと言うじゃない」

「かなちゃんだって、それは同じでしょ」

あかねが、かなの内心を見透かすように見つめてくる。プロファイリングは未熟でも、この子の直感は侮(あなど)れない。

「かなちゃんがお母さんに対して、どういう気持ちを感じてるのか。どうしてお母さんの言う通りにしてるのか、私にはわからない」

あかねは「でも」と続けた。

「かなちゃんがお母さんのためを思って舞台に立ちたいんなら、なおさら『村娘』をやるべきだと思う」

「アンタ、まだその話を――」

かなの言葉を、あかねは「聞いて」と遮った。

「私が考えている演出プランなら、必ず『村娘(かなちゃん)』にスポットライトが当たるはずだから」

「どういうこと?」

首を傾げるかなに、あかねはプランを説明してくれた。相変わらず理路整然とした話し方だ。同い年ながら、感心してしまう。

あかねが語ったプランはたしかに、「村娘」に注目が集まる仕組みになっていた。これなら、かなが「村娘」をやったとしてもオーディション合格の目はあるだろう。

かなは黙って少し考えた後、あかねに尋ねた。

「でも、いいの？」

「いいのって、なにが？」

「これじゃ逆に、『女神』が目立たなくなる。アンタにとっては不利になるでしょ」

「別に構わないよ」あっけらかんとした顔であかねが答えた。「そもそも私、どうしてもオーディションに合格したいわけじゃないし……」

　かなは思わず「は？」と顔をしかめてしまった。

「だったらアンタ、なんでこんな稽古してんのよ」

「最初は、劇団の枠で招待されたから……って感じだったなあ。今は、オーディションの舞台に立つこと自体が面白くなってきたところだけど」

　かなちゃんとはだいぶモチベが違うかもね――と、あかねは苦笑した。

「あ、でも安心して。二次審査には、全力でぶつかるつもり。いい舞台を作り上げたいって思ってるのはホントだから」

「アンタって、変わってるわね」

　ため息をつくかなに、あかねは「え？」と眉根を寄せた。

「変わってるって……また異常者扱い？」

「ある意味ね」かなは肩を竦めた。「人に認められるってことに、あんまり興味がないみたいだし。そんな才能を持っといてね」

「え？　私、別に才能なんて――」

「ない、なんて言ったら、世界中の役者から袋叩きにされるわよ」

かなは「ふん」と鼻を鳴らした。

「アンタには才能があるわ。人の本質を見抜く才能。それを再現してみせる才能。今はまだ未熟も未熟だけど、使い方を覚えたらそれなりの武器になるでしょうね」

私だって、できることならそういう才能を持って生まれたかった——とは言わない。自分が才能のない役者だということはずいぶん前にもう気づいている。ないものねだりをしても仕方ない。配られたカードでがむしゃらに勝負をするしかないのだ。

当のあかねは、ぽかんとかなの顔を見つめていた。

かなが「なによ」と尋ねると、あかねは「えっと」と気恥ずかしそうに頬を掻いている。

「ちょっとビックリしちゃって。そんなこと誰かに言われたの、初めてだから」

どうやらあかねは本当に、今の今まで自分の才能を自覚してはいなかったようだ。宝の持ち腐れというかなんというか、もったいない。

かなは「ふーん」とあかねをまじまじと眺めた。「ほんと変な子」

あかねは「む」と頬を膨らませた。

「それを言ったら、かなちゃんだってだいぶ変だよ。正直、ここまでどうしようもないマザコンだったとは知らなかったし」

「マザコンって、アンタねえ……」

あまりにも心外な発言に、かなはあかねを睨みつけた。

「私やっぱり、アンタのこと嫌いだわ。芝居の才能はいいもの持ってるけど、そこも含めて超大嫌い」

「ありがとう、かなちゃん。褒め言葉として受け取っておくね」

あかねは、にこりと微笑みを浮かべた。

「私も、かなちゃんには正直色々幻滅しちゃってる。昔テレビで観てたのとは大違い」

「あっそ」かなは横目であかねを見た。「てかアンタ、私が出てた番組観てたんだ」

「ほんのちょっとね。でも別にファンとかじゃないから。かなちゃんに憧れたことなんて、人生で一度もないし」

あかねはそっぽを向きつつ、少し早口で答えた。

「でもまあ、なんだろう。本当のかなちゃんを知れて、よかった気もする。そういうワルいところも、まとめて好きだって思ってくれる人もいるかもだしね？」

「……アンタそれ、馬鹿にしてない？」

「もちろん？」

あかねがペロリと舌を出し、「えへへ」と笑った。この子、いい性格をしている。最初に会ったときの印象とは大違いだ。

これなら確かに、悪い「女神」の役もピッタリかもしれない――あの日のかなは、そんなことを思っていたのだった。

※

姫川大輝は、すっかり彼女たちの舞台に目を奪われていた。

黒川あかねの演じる「女神」には、有馬かなの演じる「村娘」を独占したいという邪な目的がある。その解釈のもとで構成された舞台は、どういう終幕を迎えるのか。大輝は、それが気になって仕方なかった。

現在、黒川あかねと有馬かなの演技は、《第三幕》に入っている。村の火災から一夜明け、生き残った「村娘」が「女神」のもとに戻ってくるシーンだ。

「『女神様！　大丈夫ですか？』」

有馬かなが、焦燥した様子で舞台袖から現れた。顔や衣服には、彼女が煤で汚れてしまったことを示す化粧が入っていた。

彼女は、他のものには目もくれることなく、「女神」の足元に跪いた。そしてエプロンから布巾を取り出し、「『ああ、こんなに汚れてしまって』」と「女神」の身体を一生懸命に磨き始める。

なるほど——大輝は唸った。

鈴見リコの「村娘」と比べると、ずいぶん必死な様子に見える。村が大変なことになったというのに、「女神」のことしか見えていない。そんな雰囲気だ。

隣の虹野も、「ふむ」と舞台に興味深い目を向けている。

「やはり先のペアとは、だいぶ印象が違いますね。あの『村娘』には、支配される者の色が強く出ている」

「でも不思議っすね」大輝は腕を組みつつ、告げた。「有馬かなの所作自体は、鈴見リコとそう大きく変わってはいないはずなのにな。こんなに印象が違うなんて」

「《第二幕》までの『女神』と『村娘』のやりとりが影響しているのでしょう。彼女たちは観客に、『女神』と『村娘』が支配する者とされる者であるという構図を示しました。些細な声色や身振り手振りの違いだけでね。それがここに生きているのです」

「色々考えてやってんだな、あいつら」

面白い、と大輝は思う。相当役作りに時間をかけてきたのだろう。

黒川あかねの「女神」は、恍惚とした表情で「村娘」を見下ろしていた。

「『ありがとう。やはりあなたは心優しいのね。あなただけでも生き残ってくれてよかった』」

村娘は「『えっ』」と顔を上げた。

「『私だけ……？』」

「『そうです。あなた以外の村人は、みな焼け死にました』」

それが当然の報い、とでも言うかのように「女神」は告げる。

「『可哀想な娘よ。でも、あなたはもう心配いらないわ。これからは、私がずっと見守っていますからね』」

舞台の空気が漆黒に歪む。それはまさに、慈愛の虚飾が打ち砕かれた瞬間だった。

しなやかな「女神」の指先が、「村娘」の頬を撫でつける。

「『安心していいのですよ。あなたにはもう、寂しい思いをさせませんから』」

その蠱惑的な口調に、大輝はゾクリと背筋が震えた。黒川あかねの笑みは、高藤エミリが演じた「女神」とは対極の邪悪な微笑みである。

彼女はもはや、劇団あじさいの稽古場で会ったときとは別人に見える。あのときには真面目で大人しい雰囲気だったが、今舞台の上にいるのは、まさに女悪魔といった雰囲気をまとった女性だった。さすが憑依型。ずいぶん化けるものだ。

黒川あかねが放つ禍々しい存在感は、大輝のみならず、会場じゅうを虜にしていた。これだけの演技ができる女優は、そうそうお目にかかれない。

虹野が「すごいな」と唸り、座席に深く背を預けた。その見開かれた目は、まっすぐに舞台上の「女神」を見つめている。

「たった十二歳で、ここまでできる子がいるとはね。類まれな台本理解力に表現力。彼女には、まさに天才と呼ぶにふさわしい才覚が備わっている」

姫川くんと同じくね——虹野が、大輝を見てふっと小さく笑った。

大輝は「よしてくださいよ」と顔をしかめたものの、あの黒川あかねに惹かれるものを感じていたのは事実だった。あの少女には確かに、観客の目を惹きつける魔力がある。

「一次審査を見てた限りじゃ、ああいう目立つ演技は有馬の領分だと思ってたけどなあ。黒川もやるもんだ」

「もしかしたら彼女は、有馬さんのスタイルを吸収しているのかもしれませんね」

虹野の意見に、大輝は「なるほど」と頷いた。

黒川あかねの才能は、類まれな観察力と再現力にある。共に舞台に立つ共演相手も、彼女にとっては格好の学びの相手になるということだ。

あの少女は、舞台に立てば立つほど進化する。もしかしたら自分たちは今、とんでもない逸材を前にしているのかもしれない——と大輝は思う。

「マジでこれから跳ねるかもしれないっすね、あの子」

「ええ。現時点でもっともオーディション合格者に近いのは、黒川あかねさんでしょう」

「ちなみに、有馬の方は？」

「有馬さんの演技も悪くはありませんが、あれはあくまで、黒川さんに対する『受け』の演技です。『女神』の支配的な姿勢を際立たせることには成功していますが、あくまでそれだけ。良くも悪くも、まだまだ台本の想定通りの演技に終始している印象です」

「虹野さん的には、そこを越えてくる演技が欲しい、と」

「ええ。ここからぜひ、彼女ならではの強みを見せてもらいたいところです」

虹野の言葉には、有馬かなへの強い期待がこめられているように感じた。やはり虹野にとっては、彼女が一番の注目株だということか。

大輝もまた同様だった。あの有馬かなの演技には、まだ余力を感じる。これからなにか隠し玉を繰り出してくるような気配があるのだ。

さあ、ここからどうする、天才子役——。大輝は腕を組み、舞台を見守っていた。

※

今の黒川あかねは、心の底から「女神」だった。

自分が立っているのは劇場ホールのステージではなく、焼け野原になった小さな村の片隅。焼けた煤のにおいが、鼻につくような気すらする。

あかねは「女神」として、目の前の「村娘(かなちゃん)」に、深い情愛めいたものを感じてしまっていた。愛し愛されたい。自分の思い通りにしたい。

そんな感情のどこからが自分のもので、どこまでが「女神」のものなのかはわからない。

あかねはそのくらい、「女神」の〝真似っこ〟に夢中になっていた。

「『ああ、心優しい娘よ。私はあなたを未来永劫(みらいえいごう)、愛して差し上げますからね……』」

あかねは、自分の心の中の「女神」の支配欲を、まっすぐに「村娘」へとぶつけた。

《第三幕》のクライマックスである。

黒川あかねは知っていた。有馬かなが、たまたまヒット作に恵まれて、たまたま知名度を得ただけの子役ではないことを。

彼女が心の中に抱えている、溢れ出んばかりの感情の爆発。激情の渦を。それが彼女の演劇の技術によって、芸術に昇華されたときの眩(まぶ)しさを。

『空気』の芝居のように、周囲を喰(た)べちゃうような芝居をすればいい。昔みたいに、周囲の役者を全員モブにしてしまえばいい。すべてを燃やし尽くして灰にすればいい。

そういう芝居をしてるときの有馬かなはまるで太陽のようなのだ。

信者の私は知っている。

私を見てって顔をして。私だけを見ろって芝居をして。

私はかなちゃんの、そういう芝居が観たいの。

見せ場だよ、かなちゃん――あかねは、正面の「村娘」へと目配せをした。

ここで「村娘」は、「女神」を拒絶する。「村娘」は「女神」の真意を知り、自分が絶望的な境遇へと追いこまれたことを嘆き悲しむのだ。それが、かなちゃんと一緒に練り上げた演技プランだった。

そこでかなちゃんは、十八番（おはこ）の「泣き」の演技を見せる。「村娘」の涙は、彼女が「女神」の支配から解き放たれた証（あかし）だ。

それを観客に示せれば、この物語が「村娘」の成長譚（たん）だったということを印象づけられる。それがあかねの狙い。最後の最後で、「村娘」にスポットを当てるためのプラン。

かながもっとも実力を引き出せる舞台を、信者が用意した。

「『め、女神様っ……！』」

沈黙。「村娘」が唇を引き結び、静寂が場を支配する。

このあとだ。かなちゃんがステージの支配者になる瞬間。なによりもあかねが待ち焦（こ）がれていたワンシーン。

「村娘」が、ゆっくりと顔を上げ、あかねを見上げた。

あかねは息を呑んだ。その表情は、「女神」に対する恐怖と嫌悪感が入り混じった、かなちゃん得意の泣き顔――では、なかった。

有馬かなは、怯えた笑みを浮かべていた。

「『はい……これからも、お傍（そば）でお世話をさせていただきます』」

あかねは愕然（がくぜん）とする。彼女の表情は、「女神」を拒絶しているようには見えない。それどころか、「女神」に対して、心からの従属を表しているようにも思える。

かなちゃんの顔は、自分が良いように支配されていることを受け入れた、哀れな少女の顔だ。

これでは、プランが成立しない。「村娘」は、悪い「女神」に身も心も囚(とら)われて終わり。その成長も描かれることはなく、当然スポットが当たることもない。結局なにもかもが、悪い「女神」のものになってしまう。

どうしてなの、かなちゃん――。

どうして、どうして。

――どうして私の思い通りになってくれないの？

その瞬間、客席が熱を帯びたのを感じた。

虹野修吾が目を見開いた音すら聞こえそうだった。

自分の芝居に、なにかカチリとパズルが嵌(は)まったのを感じた。

今私はどういう表情をしている？　少女を支配できたことに喜びの笑みを浮かべる女神の顔をしてるのではないのか？　今は、女神がどういうキャラクターをしてるのかもわからない。

有馬かなが、一瞬。あかねにだけ見えるように微笑んだ。

いい顔してるわね。まるでそう言っているかのように。

村娘の衣装として添えられたアクセサリーに、自分の顔が映る。なんだこれは。こんな顔を私は彼女に向けているのか。

その顔は失望の顔だった。

期待の顔であり、怒りの顔であり、自己嫌悪の顔だった。少女を思い通りに動かしたい傲慢（ごうまん）さと、期待通りに動かないことに対するもどかしさが、その表情にはこれでもかと込められていた。

おおよそ、十二歳の少女に向けてはいけない表情を、黒川あかねは少女に向けていた。

人間の感情とは、ここまで残酷（ざんこく）なものがあるのか。表情とはここまで込められるものなのか。

黒川あかねは、自分の芝居がかつてなく高度で、深く高い領域に達していることに、肌で気づいた。

それは、おそらく有馬かなの世界。その領域に無理やり引き上げられた。

私の表情に、激情の渦の発露に、観客の視線は焼け切れる程に向けられている。次はどうなるんだという期待が、かつてない重みでのしかかる。

あかねががむしゃらに、その期待に芝居で応えようとすればするほど、有馬かなは空気になっていった。

本当の意味で、目には見えない空気を、存在すら見えなくなる空気を、有馬かなは演じた。

新たな才能の発露を、誰もが見逃さないように。

※

観客の静かな熱狂の中、ステージの幕は下りてゆく。

虹野は満足そうな笑みを浮かべ、スタッフたちも黒川あかねの話題でもちきりのようだった。そんな中、姫川大輝だけが、つまらなそうに「なんだこれ」と呟いた。

可哀想な「村娘」が、悪い「女神」に隷属(れいぞく)の笑みを向ける。彼女はひとり生き残ってしまったことに罪悪感と恐怖を感じたまま、ただただ支配を受け入れる――。

なんとも後味の悪い結末だ。高藤・鈴見ペアとは、まるで異なる話の締め方である。

「どう思います？」

隣の虹野に問われ、大輝は「不気味っすね」と素直な感想を告げた。

「中盤以降、黒川の悪い『女神』の演技が特に際立っていた。彼女をメインに据えた舞台としては、上出来。最高の部類だと思います」

虹野の指摘は正しい。大輝は、「そりゃね」と後ろ頭を掻いた。

「上出来というわりには、姫川くんはどこか不満そうですが」

「『村娘』の方は、なんつーか、不完全燃焼だったかな、と」

結局、有馬かなは、大輝が期待していたような隠し玉を見せることはなかった。正直、期待外れだったと言わざるを得ない。

虹野も「うーん」と首を捻っていた。

「最後、有馬かなさんは失速しましたね。黒川あかねさんに食われちゃったのかな？」

「そう見えましたか。まあ、俺にもそうとしか見えませんでしたけど」

一次審査での有馬かなは、完全に舞台を支配していた。共演のベテラン役者たちをも自分の演技に取りこみ、「空気扱いされる子ども」を完璧に表現していたのだ。

しかし、二次審査での有馬かなには、一次審査でのカリスマ性は露ほども見られなかった。むしろ、終始黒川あかねの「女神」の影に隠れていたと評すのが正しいのだろう。

本来の有馬かななら、逆に黒川あかねを食う演技をすることすら可能だったはずだ。オーディションは、役者にとっては絶対に負けられない機会である。なのに、ああいう引いた演技をするのは愚策もいいところ。そのくらい、本人だってわかっているだろうに。

けれど……と大輝は思う。

「あの演技も計算だったら……」

「計算？」虹野が小首を傾げた。「有馬さんがあえて引いた演技をしてみせたのには、なにか目的があったと？」

「いや、俺も正確なところはよくわかんないっすけど――、有馬はまた『空気』の芝居をしたんじゃないかって」

あれは、有馬かながあえて黒川あかねを引き立てようとした結果なのかもしれない――大輝の頭の中には、ふとそんな考えが生じていた。

「だとしたら、たいしたもんだなって」

それが遠慮なのか、友情のためなのか。理由はよくわからない。しかし少なくとも大輝の目には、有馬かなが黒川あかねのために、わざと一歩引いた演技をしたようにしか見えなかった。

ベテラン役者の中には、あえて自分の演技力を低く抑えることで、共演者を目立たせることができる者がいる。あたかも彼ら自身がスポットライトとなり、共に舞台に立つ共演者を強い光で〝照らす〟かのように。

もちろんそれは、誰にでもできることではない。「受け」の上手さは当然のこと、相手を引き立てるには、さらに高度な柔軟性や共感力が要求される。普通の子役レベルではまず不可能だろう。

だがあの有馬かなは、この二次審査の舞台でそれをやってのけた。それはある意味、ただ舞台の上で目立つ演技をすることよりもすごいことだ。有馬かなは、あの歳にしてベテラン並みの〝照らす〟技術を持っていることになるのだから。

有馬かなの演技力については、もう少し詳しく分析してみるべきかもしれない――。大輝はそう思ったのだが、虹野の考えは違っていたようだ。

「仮になにか目的があったとしても、勝負の場で消極的な態度を取るのはいただけません。私が欲しいのは、ハングリーな子だから」

「ハングリーな子？」

「有馬さんは当初、オーディションを受けるために土下座までしてみせたんです。あの時点では、強いハングリー精神を感じていたのですがね」

虹野は、どこか残念そうに首を振った。

「板の上で前に出ない子は、私の芝居には要らない」

虹野の結論に、大輝は「そですか」と肩を竦めることしかできなかった。

虹野の意見が特に残酷だとは思わない。結局のところ演劇の世界は、生き馬の目を抜くていくしかない。

ような厳しさで成り立っている。アピールすべきところでアピールできない人間は、消え

「つまり、今回のオーディション合格者は黒川あかね、だと」

「ええ、そうなりますね」虹野は満足そうに頷いた。

「黒川さんの芝居を見たでしょう。人の業(ごう)をすべて表したかのようなあの表情を」

虹野が言っているのは、あのラストの芝居。少女が忠誠を誓った後の、女神の表情だ。

あの表情を見たとき、大輝の背筋は凍った。

残酷さを煮詰めたような、あの表情を観て、こちらにまで村娘の絶望が侵食してきた。

シナリオに照らし合わせるならば、村娘の服従は女神にとっては期待外れだったのだろう。もっと深く悲しんだり、心からの服従を見せることを、女神は望んでいたのだろう。

あのシーンでは、あぁつまらないと女神が心から興味を失った瞬間が描かれていた。女神が人間を弄(もてあそ)んでいたのが、一瞬で理解できるシーンとなって、その芝居によって、この作品が『邪悪な女神』を描いていたものだと納得できる構造になっていた。

これらの情報を、本質的に伝えることがどれだけ難しいか、奇跡のようなことか……役者の大輝には理解できていた。

ただでさえ不気味だった女神の表情ではあったが、どこか神としての超越感。共感出来ないレイヤーで芝居をしていた。だが、そこに人間臭い邪悪さが宿った瞬間。それを観客は一斉に目撃した。

視線を操られていた。有馬かなによって。

虹野は興奮冷めやらぬ様子で続けた。

「黒川さんはまだ粗削り(あらけず)ですが、それだけに伸びしろはピカイチだ。だから姫川くんも、彼女をララライへの入団に推薦しようとしているんでしょう？」

「まあ、そうっすね」

すでに劇団あじさいには、話を通してある。先方も話には乗り気で、「あかねちゃんさえよければぜひ」という対応だった。以前大輝があじさいの稽古場に出向いたのは、この一件のためだった。

大輝の本音を言えば、有馬かなにも声をかけたいところだった。だが、ララライの中にも「有馬かなはＮＧ」という人間は少なくない。それでやむなく、今回の推薦は黒川あかねだけに絞ったのである。

悪評というものは、どこまでも足を引っ張ってしまう。せっかく才能があるのに、もったいないもんだ――と、大輝は思う。

虹野が「しかし、不思議なものですね」としみじみ呟いた。

「まったく無名だった黒川あかねと、元天才子役の有馬かな。このふたりの舞台が、こういう結果に終わるとは思いもよりませんでした」

「ホント、意外っすよ」

大輝は頷きつつ、舞台の方に目をやった。黒川あかねと有馬かなはステージを下りようとしているところだった。

ふたりとも、遠目でもわかるくらいに複雑な表情を浮かべている。

「なんつーか、経験値の違いを感じました。黒川あかねは天才の類だけれど、まだ未熟。ぶっちゃけ言えば、有馬かなが全力でぶつかれる実力には達していなかった。それでこの結果ですからね」

視線の先の黒川あかねは、暗い顔で俯(うつむ)いてしまっていた。自分の芝居に納得がいっていないのかもしれない。

あの様子なら、黒川あかね自身も気づいているのだろう。自分の演じた「女神」が、有馬かなに照らされたからこそ輝いたということに。

——合わせられたんだよ、お前の実力に。

——照らされたんだよ。お前は有馬に。

黒川あかねに向けて、大輝は小さく呟いた。

有馬かなを見れば、彼女は黒川あかねに続いて、客席の方に向かってくるところだった。大輝はふと、そのむっつり顔に同情してしまう。

もしも共演相手が自分以上のレベルの役者だったら、有馬かなが全力でぶつかれる相方だったら、結果は違うんだろうなと思う。

もしも共演者が気を遣う必要のない相手だったら、有馬はきっと全力を出して舞台に臨んでいただろう。黒川あかねは、残念ながらその域に達していなかったということだ。

本気で演(や)れない芝居は、つまらないものだ。いつかどこかの舞台で、アイツと本気の演技でぶつかり合ってみたい。大輝はそんなことを思っていた。

だからその日まで消えるなよ、天才子役。

※

スタッフさんたちの誘導に従い、かなは客席後方の出口からホールを出た。先に出て行った黒川あかねに続いて、無言で廊下を歩く。

ホール外側のロビーには、見知った顔があった。高藤エミリと鈴見リコだ。ふたりとも表情は真っ青。舞台衣装のまま、ロビーの片隅で項垂れていた。

彼女たちの前に立つのは、和服姿の女性だ。年齢は五十代くらい。身体が細いわりに大きな目がギョロリと目立ち、どことなくトカゲを連想させる。

「あなたたちには失望しました」

和服の女性は、険しい表情でエミリとリコを睨みつけていた。

「客席から見ている限り、演技の質は圧倒的にもうひとつのペアの方が上でした。特にあの黒川あかねという子の芝居は非常に素晴らしかった。それに対して、あなた方の演技は凡庸もいいところ。『月の夢』のいい恥さらしです」

なるほど、とかなは思う。あの女性はエミリとリコの劇団の関係者らしい。このオーディションを観覧できるということは、虹野修吾とも何かしら繋がりがあるのかもしれない。

エミリとリコは怯えていた。

この大人たちの厳しい叱咤は、かなにも覚えがあるところだった。

あの子たちも、日々強烈なストレスにさらされてきたのだろう。オーディションのライバルに対して意地の悪い対応をしてしまうのも、自分たちが追い詰められていたせいなのかもしれない。

とはいえ、かなはあの子たちに慰めの言葉をかけてやるつもりもなかった。あの子たちもまた、望んでこの弱肉強食の世界に入った人間だ。負けたときのツケは、自分で払う必要がある。

私も当然、ツケを払わなければならない立場だけどね――と、かなはため息をついた。

※

着物の女性に叱られていたエミリさんたちの脇を通り抜け、エレベーターホールへ。

この場所は静まり返っていて、誰の姿もない。じっくり話をするにはピッタリの状況だ。

あかねはすぐ後ろを振り返り、尋ねた。

「なんで？」

かなちゃんは特に表情を変えず、「なによ」と答えた。村娘衣装のかなちゃんの額には、薄っすらと汗が浮かんでいる。

あかねは、そんなかなちゃんに一歩詰め寄った。

「なんで最後、泣かなかったの？」

もともとラストシーンでは、「泣き」の演技をするはずだった。そういう演技プランのもと、ふたりでこの三週間練習を重ねてきたはずだったのだ。

しかしかなちゃんには、まったく悪びれた様子もなかった。

「その方がいい作品になるからよ」

いい作品。もちろんそれはあかねだって望んでいたものだ。かなちゃんの「泣き」が、悪い演技だとも思えない。

あかねは「そんなのだめだよ」と、かなちゃんを睨みつけた。

「かなちゃんが主役になるようにって、決めてたじゃない。なんで私を照らすようなことしたの？」

「アンタがいい芝居するからでしょ。照らしてあげたら、もっと輝くって思っただけ」

なにそれ――と、あかねは耳を疑った。かなちゃんがあんな演技をしたのは、あかねのためだという。

かなちゃんは今の舞台で、誰よりも目立たなければならなかったはずだ。あかねを持ち上げる理由なんて、どこにもない。

「違うよ。かなちゃんは、もっとわがままに行くべきだった――」

あかねが言い終わる前に、かなちゃんは「違くない」と首を振った。

「あの二人に勝つためには必要なことだった」

かなちゃんは複雑な表情で、きゅっと下唇を噛みしめている。

もしかして、とあかねは思う。かなちゃんはあのとき本気で、自分にスポットライトが当たったら負けてしまうと思っていたのだろうか。

「信じてないの？　自分の才能を」

「そんなものないわよ、私は天才じゃないもの。これが私のやり方なの」

「違う、そんな芝居違うよ。かなちゃんはもっと身勝手で……太陽みたいに圧倒的で」

誰よりも眩しく輝く、そんな芝居が好きだったのに——と、あかねは心の中で叫んだ。

私はそういう芝居に憧れて、演劇の道に入ったのに。

「そんな芝居をするかなちゃんは……『嫌い』」

あかねが睨みつけると、かなちゃんは涼しい顔で、「そう」と呟いた。

「私もアンタの芝居が『嫌い』。だからお互い様ね」

かなちゃんはそれだけ言って、ひとりで控室の方に歩き去ってしまう。

あかねにはもはや、そんな彼女の背を追う気力は残されてはいなかった。心の中でずっと大事にしていたものが、音を立てて崩れていくような感覚に陥る。

だからこの後、虹野さんにオーディション合格を告げられても、あかねにとっては素直に喜べるものではなかった。

※

有馬かなが母親に頬を張られたのは、その日の夜のことだった。

「なによ！　不合格ってどういうことなの⁉」

ママに張られた頬が、じんじんと熱を帯びている。しかし、かなの心はその逆に、氷のように冷たくなっていた。この痛みは想定内。今日の結果をママに話せば、こうなるのは目に見えていたからだ。

「ママは言ったわよね⁉　目立つ『女神』役をやりなさいって！　なのになんなの⁉　相方の子に『女神』を譲って、結局その子が合格したわけ⁉」

かなは素直に「ごめんなさい」と頭を下げた。

ママにはもちろん、かながあえて黒川あかねを引き立てる演技をしたことは伏せておいた。そんなことを言ったら、余計に火に油を注ぐ結果になる。

どうしてとママが喚く。どうしてなのかと言われても、そうしたかったからにほかならない。

——かなは、最後の最後で自分の役者哲学に従った。

有馬かなの信条は、調和だ。全体幸福の総量だった。作品全体への貢献こそが、有馬かなの願いだった。そこに作品を良くする糸口があるのならば、食らいつく。それが自分にとって損だとしても。

自分が傷ついても、誰かをケアする。その生き方を植え付けたのは誰か。その答えは目の前にあった。

「わかったわよ、誰もママの味方をしてくれないのね。そんなに私の努力を無駄にしたいのね」

「違うよママ……」

かなは母親を優しく抱きしめる。

歪んだ認知を抱え、他責で自分を守ることしかできない哀れな母親をケアできるのは、この世界に自分しかいないことを、かなは理解していた。

えずく母親を抱きながら、目線は天井に追いやる。もはや身体に染みついた慰めに、心はない。

ふと、黒川あかねのことを考える。本物の天才とはきっと、ああいう子のことをいうのだ――黒川あかねとの約一か月間のやりとりを通じて、かなはそれを強く実感していた。

普通の人間からはだいぶズレた性格をしているけれど、だからこそ演劇向きともいえる。あかね自身が言う通り、彼女には本当に芝居しかないのだろう。舞台の上でしか生きられない人間なのだ。

なにより彼女は、演じることを楽しんでいる。それは、今の有馬かなには持ちえない感覚だった。心底羨ましいとさえ思う。

あかねのことは嫌いだが、ひとりの役者としてみれば、抜群に光るものを持っている。あれを前面に押し出さないのはもったいない――かなはあのオーディションの舞台で、そんなことを思ってしまったのだった。

やはり自分は、どこまでいっても芝居が好きなのだろう。「演技なんてどうでもいい」と思いこむのは、やっぱり無理だった。

要するに、かながあかねを照らしたのは、自分自身の本音に従った結果なのだから。

だからママに怒鳴られても頬を叩かれても、涙がこぼれることはなかった。

「ほんとにもう……どこまで私を困らせれば気が済むの」

ママは抱きしめるかなを引き剝がし、重苦しいため息をついた。それからリビングの引き戸を思い切り開く。

バン、と威圧的な音が響く。少し前のかななら、それだけで泣きたくなってしまうような音だった。

「産むんじゃなかった」

心を抉(えぐ)るような一言が、ママの口から放たれる。リビングの空気は、また少し温度が下がったようだった。

でも、もうなにも問題はない。どんな暴言を吐かれても、かなの心が傷つくことはない。

かなはあのオーディションの舞台を通じて、ひとつだけわかったことがあった。

結局ママも、私自身もまた、あの「女神」と同じだということだ。他人に期待をして、上手くいかない失望を抱え、自己嫌悪に焼かれる哀れな人間。

執着していたのは、私自身だ。愛してもらいたいなんて期待を抱くのはやめよう。

そう思ったら、いくぶんか心が軽くなるのを感じた。もう少し自分を大事にしようと思えた。後は耐えるだけ。時間が解決する。

まだ私は未来のある子供なのだから。

かなは口の端を吊り上げ、にこりと笑みを浮かべた。

「ごめんねママ。次はもっと、頑張るからね」

こうしてかなは、「村娘(いい子)」の仮面をかぶる。ママに対し、できるかぎりの憐憫(れんびん)の情を注いでいくことを決めたのだ。

いつの日か、可哀想な「女神(ママ)」が、かなに興味を失くすその日まで。

エピローグ

「――黒川(くろかわ)あかねさん、有馬(ありま)かなさん、本年度の主演女優賞、ふたり揃(そろ)っての受賞、おめでとうございます！」

司会を務める女性アナウンサーの言葉と共に、カメラのフラッシュが一斉に瞬(また)いた。

有馬かなは、反射的に笑顔を作っていた。デビューからおよそ二十年、カメラの前で笑顔を作るのは得意中の得意である。

記者会見が行われているのは、都内のホテルのイベントルームだった。天井には大きなシャンデリアが輝き、壁にはダマスク模様の壁紙が貼られている。足元には高級感溢(あふ)れるレッドカーペット。かなとあかねの座る席の後方には、「日本演劇賞」のロゴが飾られていた。

先日、かなとあかねが主演を務めた舞台『茨(いばら)の姉妹』は、大成功を収めていた。

初日から楽日までチケットは毎度完売。翌月にはすぐに追加公演も決定していたくらいの人気ぶりだった。そのおかげで、かなとあかねは、今年の主演女優賞を揃って受賞する快挙を遂げることができた。

司会者が、会場に集まる報道陣に向けて口を開いた。

「黒川あかねさんも、有馬かなさんも、共に子役時代から活躍されてきた女優です。同い年ということもあり、映画や舞台で共演されてきた機会も多数。まず今日は、そんなおふたりの互いへの思いをお尋ねしたいと思います」

司会者が「有馬かなさん」と、かなに視線を向けた。

「おふたりの初共演は、今回の『茨の姉妹』を手掛けた演出家、虹野修吾さんのオーディションだったのですよね？」

かなは「そうです」と頷いた。

かなもあかねも、虹野修吾とは十二の頃からの顔見知りだった。彼の舞台に共に出るのはこれが三回目。あのオーディションの二次審査を含めれば、もう四回目になるだろうか。

「有馬さんから見て、黒川さんはどういう印象でしたか？」

司会者の問いに、かなは「あー、そうですね」と一瞬考える。ここは素直に答えておくべきだろう。

「かなり変な子でしたね。役作りのためにはストーカー行為も辞さない、みたいに思ってるところがあって、正直『うわぁ……』って引いたこともあって」

「ちょっとかなちゃん、その言い方は酷くない⁉」

隣に座るあかねが、素っ頓狂な声を上げた。

かなが冗談を言っていると思ったのか、報道陣の中にはふっと笑みを浮かべている者もいる。あかねの度を越した分析癖は、一般にはまだまだ知られていないようだ。

司会者はあかねに目を向けて、「黒川さんは、有馬さんをどう思っていましたか」と尋ねた。

あかねが、ちらりと横目でかなを見る。

「ひねくれてる上に、ものすっごく性格悪い子。私なんて何度泣かされたことか。〝十秒で泣ける天才子役〟どころか、〝十秒で泣かせる天才子役〟の方がしっくりくると思ってたくらいです」

　あかねの発言に、会場からは「あはは」と笑い声が上がった。

「またアンタはそういういらないことを……」

　かなの毒のある視線にも負けず、あかねは続けた。

「昔からかなちゃんを理解するのは難しかったですけど、今ではもう完全に分析不能ですね」

「分析不能とは？」

「私には絶対に真似のできない役者ってことです。この子の中の中を覗(のぞ)いても、毎回見えるものが違うんです。なんていうか多彩というか。自由というか。まだこんな引き出しもってるの？　っていつも思います。」

　私にとってかなちゃんは、一番厄介(やっかい)な人間なんです――と、あかねは続けた。

　これは褒められている……のだろうか。厄介なのはアンタでしょうがという反論をかなはぐっと飲みこむ。

「なので、かなちゃんを理解することが私の人生の目標だったりします。色々拗(こじ)らせまくった変な子なので、なかなか難しいんですけど」

「私はこの子から逃げ切るのが目標ですね。目が怖いんですよ」

　かなのツッコミに、再び会場が沸きたった。冗談を言い合っているとでも思っているのだろうか。

「おふたりは本当に仲がいいんですね」なにも知らない司会者が、にこやかに続ける。

「たびたび不仲説が噂（うわさ）されるおふたりですが、こうして見ると、やはり昔からの仲良しなんだなあ、とわかりますね」

あかねが「え？」と首を傾（かし）げた。「私、かなちゃん大嫌いですよ？」

かなも間髪容（い）れず、「私の方がその百倍大嫌いだけど」と笑顔で応酬（おうしゅう）する。

司会者は「またまたー」と苦笑している。

「まあ、今回は劇の中でそういう不仲な女ふたりを演じているので、これも役作りってことで」

司会者がフォローを入れると、あかねも「そうそう冗談ですよ」と頷いた。

「ときどき、一緒に稽古したりもしてますし。ね？」

かながあっかんべーで返すとまた会場は沸く。

かなとあかねの関係は、良いのか悪いのか、本当のところは自分たちでもわからない。

いっそ、わからないままでいいのだとも思う。自分たちは友達とかライバルとか、そんなありきたりな言葉で語れるような関係ではないのだから。

私たちは、つまり即興劇（エチュード）みたいなものなのかも——と、かなは思っている。

時には腐れ縁の友人で。時には同じ舞台を志（こころざ）す共演者で。時には同じ相手を好きになった恋敵（こいがたき）で。そして時には、同じ悲しみを共有するかけがえのない親友で。

その関係は常に流動的で、一定ではない。自分たちは、これまでずいぶん多くの役柄を演じてきたものだと思う。

きっとこの先も、この即興劇は続いていくのだろう。

「まあなんというか」かなは、マイクに向かって告げた。「この子のおかげで、今の私があるのは事実です。絶対負けたくないって思えましたし」

あかねが「そうだね」と頷いた。「私も、今日まで演劇を続けてこられたのはかなちゃんのおかげです。私の才能を見出してくれたのは、かなちゃんが最初だから」

かなはちらりとあかねに目を向けた。

「次は私が単独で賞を獲るから」

「それはこっちの台詞だよ」

あかねもまた、勝ち気な笑みで応える。

その瞬間、また激しくフラッシュが明滅した。ふたりが互いの顔を見つめ合っているところが、映えるショットだと思われているのかもしれない。また新聞かなんかで〝ライバル同士の決着やいかに〟なんてアオリを入れられちゃうのかしら、と苦々しく思う。

司会者が「では黒川さん」と、あかねに話を向けた。

「今回の受賞の快挙を、まずどなたに伝えたいですか?」

「そうですね……。まず家族に。そして劇団仲間に。それと、児童劇団の頃に世話になった人たちにも伝えたいです」

司会者は「きっと皆さん喜ばれるでしょうね」と微笑み、それから「有馬さんは?」と、かなに目を向けた。

「アイドル時代の仲間たちですね。私が苦しいときには、いつもあの子たちが支えてくれましたから」

　かなは「そして」と最前列のカメラに向けて、まっすぐに告げた。

「子どもの頃からずっと応援してくれていた母にも、感謝の気持ちを伝えたいです」

「そうでしたか。きっと、有馬さんのお母様も喜んでくれるでしょうね」

　司会者にとっては、それが微笑ましいコメントに思えたのだろう。かなに向けて、にこにこと笑いかけている。

　しかしかなは内心、それはどうかしら、と訝しんでいた。今の母親に主演女優賞の受賞を伝えても、きっと喜ぶことはないだろう。

　ママが娘に興味を失ったのは、あのオーディションから数年後のことだった。かなが高校に入るか入らないかという頃合いである。

　いよいよかなの子役としての仕事がなくなってきたところで、ママは「腰を痛めた祖父の面倒を見るために、実家に帰る」と言いだしたのだ。

　以前はあれだけ口を出していたのに、去り際はあっさりとしたものだった。かなの一人暮らし用のマンションだけを決めて、さっさと田舎に引っこんでしまったのである。

　その後、かなはひとりで芸能界を生き抜くことになった。

　苺プロに所属して、Ｂ小町でのアイドル活動に勤しむ。その傍らで、必死に役者の仕事に励む。そのひたむきな努力の成果が、今回の晴れ舞台だった。

　かなが電話で今の活動を母親に伝えても、以前のように大喜びではしゃいだりしない。

かながどんな舞台に出ようとも、どんな賞を獲ろうとも、「そう、頑張ってたわね」と穏やかに返す程度だ。

かなが子役を卒業し、口出しできなくなった以上は、ママにとってはもう他人事になったということなのだろうか。

勝手だとか、薄情だとか、もっと愛してほしかったとか、かながママに対して言いたいことはいくらでもあった。

それでもまあ、別にいいのだ。

いや、ママも「天才子役有馬かな」への執着を捨てることができた。そういうことなのだろう。この距離が私たちにとって適切だったのだ。

かなは少しずつわかってもらった。ママと私は違う人間で、お互いに自立しなければいけないことを。

そんな可哀想なママを、これ以上追い詰めたって仕方がない。相手の心の弱さを許すのも、家族の優しさだと思うしかない。

結局のところ、ママは一夜の祭りのような喧騒に目を焼かれた人間だ。夢を託したかなと自分自身を同一視してしまい。自分そのものを手放してしまった。

自分の思い通りに動かない自分の身体なんて、抱えるだけさぞ息苦しいものだろう。

それを思えば怒りも湧かない。純粋に哀れに思うことができる。

それに――と、かなは思う。今の自分が芝居をやっているのは、もう母親のためではない。今はもっと大事な想いが、この胸の中に息づいている。

かなが本当に喜びを伝えたい人間には、もう直接言葉を伝えることなどできないけれど。

※

記者会見から一夜明け、黒川あかねは街中を歩いていた。

今日は久しぶりの休日(オフ)で、天気は快晴。外に出れば澄んだ冬の空気が肌に心地いいだろう。羽を伸ばすのにはうってつけの日かもしれない。

映画館で流行の映画でも押さえるか。それとも、お気に入りのカフェで読書でもするか。あかねは休日の過ごし方を色々と考えてはいたのだが、結局少しだけ……と本を読み始めたら寝落ちしてしまった。気がついたらカーテンの向こうは夕暮れだった。

一人暮らしを始めてから、年々ダメ人間になってきている気がする。実家にいた時なら、一日中ダラダラ過ごしていればお母さんに怒られていただろうけれど。今はそうもいかない。まあ睡眠が不足しがちな忙しい日々の中の休日だ。こういうこともあるだろうと、上着を羽織り外に出た。目的の場所は徒歩圏内にある。

高層マンションのエレベーターをふたつ乗り継ぎ、ロビーを抜けて整備された道を十分程歩けば、なんでもない、ただのありふれた歩道橋がそこにある。

橋の真ん中で止まり、二歩だけ左にズレる。歩道橋の柵に両腕を乗せ、その上に頬(ほお)を預けた。

茜空(あかねぞら)が照らす橋の上で、かつてそこにいた誰かに話しかける。

「今日、テレビ局でルビーちゃんと話したよ」とか「カントクさんまた婚活に失敗してたよ」とか、「かなちゃんは相変わらず……」とか。

そうすると彼は返事をくれるのだ。私の中にいる彼が。

自分の思考を整理するための壁打ちでしかないけれど。儀式的なものでもある。こうすることで彼の魂が、まだこの世界に留まってくれているような気がするから。

カァと、電柱のカラスが鳴いた。振り返ると、風に靡いた長髪が視界に入る。

「相変わらずだね」

ツクヨミちゃん。「15年の嘘」で子役を演じていた彼女だ。

彼女はあれからずいぶんと背も伸び、息を呑むほどの美少女となっていた。身に着けているのは、この辺りの制服ではない、喪服のような黒いセーラー服。

ツクヨミちゃんは、薄い笑顔を浮かべて私を見つめる。

「休みの日に何をしようと私の勝手でしょう?」

「でも不健全だから。まるで彼の死を受け入れてないみたいで」

くすくすと人を小馬鹿にしたような笑い方をする。彼女とはよく行き逢う。なんの約束をしているわけでもないのに、まるでずっと私のことを監視しているかのように。

以前、彼女のことを調べたことがある。どうも星野家と縁深い人物のようだったから、軽い身辺調査のつもりで。けれどそれが藪蛇だった。

「死者を蘇らせようなんて思ってはいけないよ。それは外法だ」

「外法でも、方法はあるんでしょ?」

彼女が籍を置いているのは、オカルトの世界だ。

格式高い社家(しゃけ)同士の間に生まれた、名前がない彼女は、私の知らない世界を知っている。

例えば、死者の記憶を赤子に植え付ける技術とか。

それが技術であるならば、オカルトだろうと再現性がある。可能性がある。

彼と再び出会える可能性が。

ツクヨミちゃんはまるで私の心を読み取ったかのように深いため息を吐いた。

「知らないよ。その道の先には地獄(じごく)があるかもしれない」

そう言い残して、歩道橋の脇に止めてある黒塗りのセンチュリーに乗り込んだ。運転手が私を睨んだように見えた。

私には彼と一緒に地獄に落ちる覚悟があった。

私の戦いはまだ終わっていない。調べられることはすべて調べて、すべてを理解して、そうして初めて、失恋を受け入れられる気がするから。

※

有馬かなは、今日も墓石の前にいた。仁王(におう)立ちでしかめっ面を浮かべながら。

肩に乗せた花束の、青いリンドウが優しく香る。それを手向(たむ)け、かなは墓に背を向けた。

おあつらえ向きの段差に、行儀悪く腰かける。

「まったく、いい気なもんね。相変わらず世間は厳しいし、ろくなもんじゃないわ。アンタみたいにさっさとこの世を去った方が、気楽なんじゃないかと何度思ったことか。でもねほら、見てみなさい。主演女優賞だって。私もなかなかやるものじゃない？」

　誰にともなく続ける。

「まあ、黒川あかねとダブル受賞ってのは気に入らないけれど、ひとまずは目標を達成ってことで、報告に来てあげたわ」

　かなは「まだまだこんなもんじゃないわよ」と、口の端を吊り上げた。

「いずれは海外進出してハリウッド女優になって、しぶとすぎるくらい長生きして、死ぬ時は総理大臣がお悔やみの言葉出すくらいビッグになって、令和の大女優ってことで、千年くらい語り継がれる存在になってみせるから」

　見上げる青い空は、なにも答えない。それでもかなは、滔々と独り言ちる。

「どう？　羨ましいでしょう？　アンタはもうできないことだものね。羨ましいって言いなさい。生きてる私が羨ましいって。死ぬんじゃなかったって、後悔しなさいよ」

　かなの声は少しずつか細くなる。ぽつりぽつりと、持ち前の悪い口で気持ちを綴る。

「悔しくて悔しくて、ゾンビになって墓石から這い出るくらいの気合いを見せてみなさいよ」

　そしてもう一度——。

　それを口に出そうとしたときに、ぽつりと涙が落ちる。

「まったく、女優の涙は安くないのよ。わかってるのかしら。いやねもう、アンタを前にすると私は泣いてばっか。」

有馬かなの早泣きは、もう店仕舞いをしていた。それはあくまで涙を安売りしたくないというブランディングのためで、子役時代との決別も意味していた。

泣き虫の有馬かなとは、さよなら。

そう思っていたはずなのに。かなの目からは涙が溢れ続けている。それは失恋の涙だった。心の中の激情には、いまだに彼の姿が色濃く残り、突然の別れから立ち直れているなんて、到底言えやしない。

忘れられるわけがない。

辛く厳しい子役時代の末に、彼と再会したときの喜びは。

まだ芝居を続けていると知った時の嬉しさは。

彼と走り抜けた青春時代の記憶は、まだ色褪せていないのだから。

「忘れてなんてやらないから」

有馬かなは、泣きながらも笑える。この痛みも、血肉にしてみせると、笑ってのける。

どんな経験も肥やしになるのが役者稼業のいいところだ。この胸の痛みも、苦しみも、なにもかも栄養にして役者人生を駆け抜けてやる。

見てなさいよ。まだあの誓いは破棄してないから。

アンタの推しの子になってやる。その誓いを。

だから見てなさい。

強くてしぶとい有馬かなを。

誰よりも眩しくて、明るい空の下ですら輝く星を。

JUMP j BOOKS

■初出
【推しの子】〜二人のエチュード〜　書き下ろし

【推しの子】〜二人のエチュード〜

2024年12月23日　第1刷発行

著　者
赤坂アカ × 横槍メンゴ ◉ 田中 創

装　丁
巻渕美紅＋安永麗奈（POCKET）

編集協力
神田和彦（由木デザイン）／藤原直人（STICK-OUT）

編 集 人
千葉佳余

発 行 者
瓶子吉久

発 行 所
株式会社 集英社

〒101-8050 東京都千代田区一ツ橋2-5-10
TEL［編集部］03-3230-6297
　　［読者係］03-3230-6080
　　［販売部］03-3230-6393（書店専用）

印 刷 所
大日本印刷株式会社

ホームページ　http://j-books.shueisha.co.jp/

Printed in Japan　　ISBN 978-4-08-703554-4 C0293
検印廃止